허공은
가득하다

지금이 바로 가피의 시간입니다.
여기가 바로 가피의 중심입니다.
그리고 당신이 바로 가피입니다.

허공은
가득하다

지광 지음

행복을 향한
정진의 한 걸음
가피 이야기

능인
출판

머리말

우리 삶의 방향은 어디를 향하고 있습니까? 혹시 방향을 잃고 헤매고 있지는 않습니까? 아니면 방향이 어디일까 고민만 하고 있습니까? 그것도 아니라면, 지금 가고 있는 곳이 맞는 방향일까 의심하고 있습니까?

그런데 문득 이런 생각이 듭니다. 방향은 무엇일까? 누가 방향을 정하는 것일까? 방향은 중요한 것일까?

그러다 마음을 열고 사방을 둘러보면, 모든 방향은 허공을 가리키고 있으며, 그 방향은 이미 활짝 열려 있다는 사실을 깨닫습니다. 중요한 것은 어느 방향이든지 그 방향을 정하는 한 순간〔一念〕의 마음, 그리고 정한 방향을 향해 삶의 궤도를 일치시키려고 노력하는 의지, 그리고 한 걸음 더 걸어가려고 하는 정진의 자세, 즉 실천적 행동이라는 생각이 듭니다.

그 마음과 의지, 행동을 일으키는 근원에 있는 것이 바로 가피입니다.

　보통 사람들은 가피(加被)란 단어에 익숙하지 않습니다. 불교 특유의 용어이기에 그렇기도 하지만, 보통 사람들이 가피를 체험하는 예가 흔치 않아서이기도 할 것입니다.

　가피는 개념으로만 존재하는 단어가 아니라, 체험을 통해 확신하게 되는 단어입니다.

　태양이 없으면 살 수 있을까요? 공기가 없으면 어떻게 살 수 있나요? 하늘에서 비가 내리지 않으면 살 수 있나요? 우리가 무심하게 흘려보내는 많은 중요한 것들이 있습니다. 마음을 모아 그 본질을 똑바로 보십시오. 삶과 생명에 관한 진리를 발견할 수 있습니다. 나의 본모습을 만나게 됩니다. 그 속에 담긴 가피와 감사를 깨달을 수 있습니다.

　진리 법(다르마, Dharma)에 대한 깨달음을 얻은 사람들이 있습니다. 자신의 모든 것을 던져 허공의 무한한 위신력, 부처님의 한없는 가피인 사랑과 자비를 몸소 체험하는 사람이 있습니다.

　그런 사람들은 현실 가운데이기도 하고 또 꿈속에서이기도 하고 스스로가 느끼지 못했다 하더라도 어느 순간 거룩하고도 장엄한 우주의 위신력인 가피가 스스로에게 작용했음을 깨닫습니다. 가피의 시현양상을 경험하기도 합니다.

　흔히 가피를 현전(現前)가피, 몽중(夢中)가피, 명훈(冥勳)가피 이렇게 세 가지로 나누기도 합니다만 체험하는 사람들의 표현에 따르는 것일 뿐, 가만히 생각해 보면 우리의 삶 전체, 그 어느 곳 어느 상황이건 모두가 가피입니다.

그래서 태양이 빛과 열을 베풀어 주고 허공의 공기가 우리의 생명을 담보해 주고 또 빗물이 우리의 몸과 마음을 지탱케 하는 그 모두가 감사요 가피라 하는 것입니다.

부처님이 허공을 가리키면서 "저 허공의 별들이 너희들을 기다리고 있다."라고 한 뜻을 음미해 보십시오. 새벽별을 보고 깨우친 참뜻을 생각해 보세요.

한마디로 우리 모두는 지금도 부처님이고 언젠가는 법화경의 가르침대로 분명히 부처님 될 사람들입니다. 참으로 믿기 어려운 진실이지만 이를 믿고 아니 믿고의 차이에 따라 가피의 세계가 열리는가, 그렇지 않은가의 차이가 나는 것입니다.

이 같은 가르침을 믿고 신뢰하고 실천하면 그는 정녕코 부처님의 가피로 들어서게 되어 있습니다. 가피의 세계는 자신을 던지는 곳에, 자신을 버리는 곳에 이기심과 집착을 내려놓는 곳에 피와 땀과 눈물을 머금고 태어납니다.

삶의 방향과 정진은 그 가피의 길 위에서 가능합니다.

오늘날 세상은 먹고 살기 좋아졌다 하고 백세시대라 하는데 환자나 질병의 숫자는 계속 늘어나고 있습니다. 각종 범죄로 사회 분위기는 점점 더 살벌해지고 있습니다. 세계는 각종 테러와 국지전으로 얼룩지고, 모든 가치를 돈으로 환원하는 신자유주의의 위세는 더욱 거대해지고 있습니다. 과학의 영역에서도 인간의 존엄과 생명의 가치는 더 이상 과학자들의 호기심을 이겨내기 힘든 상황이 되었습니다.

이 같은 현실을 바라보자면, 마음이 어두워집니다. 도대체 가피는 어디로 실종이 되어버린 것일까요?

잃어버린 가피는 먼 곳에 있지 않습니다. 우리의 마음에서부터 찾아야 합니다. 마음의 중심에 굳게 서 있어야 할 본모습을 잃어버리고, 수행이나 기도는 내동댕이친 채 헛된 가치를 좇거나 돈과 권력에 빠진 모습을 보게 됩니다. 우리는 거기서부터 가피가 실종된 것임을 먼저 깨달아야 합니다. 가피의 의미를 제대로 인식하고 있지 못하고 있기에 개인의 삶이나 세계의 앞날이 풍전등화에 처하게 된 것입니다.

이제라도 가피의 의미를 새롭게 발견하는 것이 개인적인 고통과 세계적인 난관을 돌파하는 유일한 방법일 것입니다.

여러 해 전 법보신문에 가피 이야기를 연재한 적이 있습니다. 매주 한편씩 글을 써 올렸습니다. 다행스럽게도 많은 분들이 사랑해 주셔서 3년 넘도록 이어갈 수 있었습니다. 그 후 책으로 엮으려 하였으나 여러 가지 사유로 늦춰졌습니다.

지난번에 대학교재로 참선과 명상의 세계에 대해 책을 펴낸 후 기도에 관계된 책을 써 보라는 신도님들의 말씀을 듣고 용기를 내서 가피이야기를 전면 개편 수정하여 책을 엮기로 하였습니다.

연재되었던 글을 모아 중복되는 내용을 정리하고 46편을 골랐습니다. 크게 세 부분으로 나누고 '신해행증(信解行證)'의 수행 4단계를 신(信), 행(行), 증(證)으로 정리해 보았습니다.

문자 그대로 가피의 문은 신심(信心)으로 열립니다.

'신심불이(信心不二)요, 불이신심(不二信心)'이라 하였듯, 믿음이 없으면 부처님 가피에 들어설 수 없습니다. 물론 신심은 부처님 법을 연마하는데서 자라나고 성장해 실천으로 승화됩니다.

신심은 염심(念心)으로 이어져 염불(念佛), 염법(念法), 염승(念僧), 염계(念戒), 염시(念施), 염천(念天)의 6 염심(念心)이 생활화하면서 가피를 증득하고 부처님을 증거하고 증명할 수 있게 되는 것입니다.

진정 굳건하고 견실한 기도로 신행(信行)을 생활화하는 사람에게 허공은 가피가 충만한 부처님 나라임을 깨닫게 합니다.

책 제목을 『허공은 가득하다』라고 정한 이유는 허공이 부처요, 우리 모두의 마음이요, 내 마음이요, 가피 그 자체이기에 달리 정할 제목을 찾을 수 없었습니다.

깊이 새겨 보시기를 바랍니다.

부처님과 위대한 선지식들은 하나같이 텅 빈 허공과 같은 마음이 되면 한없는 가피의 충만을 느낀다고 말합니다. 내 마음을 비우면 그 자리를 채우는 것이 가피의 충만입니다. 진정 그러합니다. 텅 빈 듯한 허공은 과거, 현재, 미래를 막론하고 영원히 가피로 충만합니다. 무량무변한 허공은 사람들이 생각하듯 텅 비어있는 세계가 아닙니다. 불보살과 신장님들로 충만하고 무량가피로 가득합니다.

우리가 허공인 부처님 마음이 되고 부처님 가르침을 따르면 부처님께서 그 무엇을 아끼시겠습니까?

이 책을 끝까지 읽어 주시고 굳은 신심으로 실천하는 분들은 정녕 불보살님과 신장님들의 무량가피가 함께하실 것임을 분명히 약속드립니다. 더불어 뜨거운 신심으로 열심히 가행정진 하시어 무량가피의 주인공 되시기를 간절히 기도드립니다.

감사합니다.

2017년 11월, 구룡산 대모산 자락에서
지광 합장

차례

1부
가피의 신(信)

마 음 에
오 늘 을
담 아 라

2부
가피의 행行

오 늘 도
오 롯 이
한 걸 음

3부

가피의 증證

한 걸음
그 것 이
가 피 다

가피를 찾는
여정을 시작합니다.
목적지에 다다르면
한 걸음 더 걸어 봅니다.

———

한 걸음만 더.

———

더 이상
발을 내디딜 수 없을 때
허공을 바라봅니다.

———

여정 내내
발걸음을 비추던
허공에 가득한
가피를
볼 수 있을 것입니다.

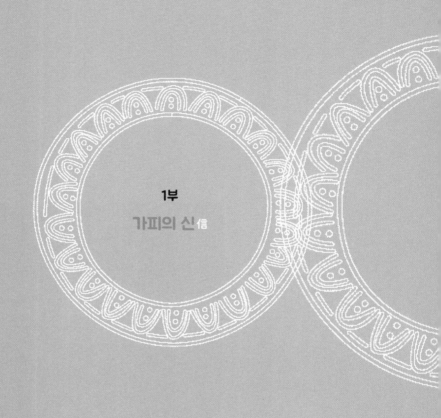

1부

가피의 신信

마음에
오늘을
담아라

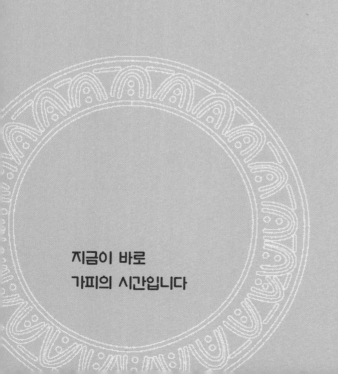

지금이 바로
가피의 시간입니다

노인과 불가사리

"이 한 마리에게는 얼마나 소중한 일이겠소."

바닷가 어느 노인이 던진 이 한 마디는 사랑의 의미를 다시금 돌아보게 합니다. 사랑을 제대로 알려면 얼마나 많은 깨달음이 쌓여야 하는 걸까요?

지난 2007년 충남 태안군 앞바다를 지나던 유조선과 해상크레인의 충돌로 발생한 기름 유출 사고로 인해 태안반도는 온통 검은 기름띠로 뒤덮였습니다. 뿔논병아리 한 마리가 기름을 뒤집어쓴 채 죽음을 기다리는 사진 한 장이 국민 마음을 무겁게 했습니다. 태안반도를 다시 살리고자 연인원 200만 명이라는 기적적인 손길이 전국에서 모여들었다고 합니다. 그때 신도들과 함께 자원봉사를 위해 태안에 내려

갔습니다.

기름띠를 제거하는 도중 한 노인을 만났습니다. 그 노인은 모래사장을 뒤덮은 검은 기름을 닦으면서 틈틈이 파도에 떠밀려온 조개나 불가사리를 계속 바다에 던져 넣고 있었습니다.

해안에 널린 것이 조개와 불가사리인데 눈에 띌 때마다 계속 바다에 던져 넣었습니다. 너무 궁금해서 묻지 않을 수 없었습니다.

"파도는 계속 밀려올 테고 불가사리 역시 떼 지어 밀려들 텐데 한두 마리 구한다고 무엇이 달라지겠습니까?"

노인은 내 얼굴을 물끄러미 쳐다보며 말했습니다.

"물론 크게 달라지는 건 없소. 하지만 이 한 마리에게는 얼마나 소중한 일이겠소."

그의 대답에 뒤통수를 한 대 맞은 느낌이었습니다.

노인의 손에 걸린 불가사리 한 마리에게는 그 자신의 생명이 얼마나 소중할까요? 생명을 살리는 것보다 중요한 일이 또 있을까요?

노인의 얘기를 듣고 나니 덩달아 불가사리들을 바다로 던져 넣지 않을 수 없었습니다.

끝없는 파도는 수많은 불가사리를 해변으로 밀어내겠지만 단 하나의 생명이라도 살려내겠다는 노인의 마음을 어찌 부질없다 말할 수 있겠습니까.

저는 그 노인의 마음에서 지극한 사랑을 보았습니다. 200만이라는 숫자도 대단하지만 숫자는 우리 눈을 가리기 쉽습니다. 단 하나일지라도 숫자보다 생명에 집중하는 것이 옳습니다.

참혹하게 변한 검은 바다에서 '비록 하찮은 불가사리 한 마리일지라도 귀하다'라며 생명의 소중함을 깨닫게 해준 노인에게 다시 한번 감사를 전합니다.

노인의 사랑은 어디서 비롯했을까요? 그 마음을 어떻게 하면 헤아릴 수 있을까요? 우리도 그 자비심을 깨달을 수 있을까요?

사랑은 '나'로부터 시작합니다.

나를 사랑하는 마음을 가질 때 비로소 더 큰 사랑에 눈뜨게 됩니다. 자신을 진정으로 사랑할 때 용기와 희망이 움트기 시작합니다.

우리는 이런 사실을 이미 알고 있으면서도 일상 속에서 잊고 지내며 허튼 곳에서 사랑을 찾습니다.

당연한 말처럼 들리지만 나의 주인은 '나'입니다. 내가 나를 사랑하지 않는데 누가 과연 나를 사랑할까요?

내가 나를 소중하게 생각할 때, 남도 나를, 또 나도 타인을 사랑할 수 있습니다.

그 노인도 자신을 사랑하는 용기를 갖고 있었기에 누가 자신을 이상하게 보든 말든 묵묵히 자신이 할 일을 너무도 당연하다는 듯이 할 수 있었을 것입니다.

'나'로부터 시작된 사랑은 바로 '너', 그리고 가정과 이웃, 자신이 속한 조직과 사회, 나아가 미물중생을 비롯한 삼라만상에까지 이르게 됩니다. 그렇게 표현된 사랑이 바로 참다운 수행입니다.

불교 궁극의 목표인 성불은 과연 무엇일까요? 사랑과 자비의 화신이 되어 무량중생에게조차 애정을 표현하는 일, 그 이상도 그 이하도 아닙니다. 진정 자비와 사랑의 화신보다 더 위대한 존재는 없습니다. 상대도 나도 모두가 우주의 중심이요, 부처님이기에 사랑과 자비는 이 땅, 여기서 펼쳐져야 합니다. 구체적으로 사랑을 표현해야 합니다. 다시 말하지만 사랑을 표현하는 것이 바로 참다운 수행입니다.

많은 사람이 사랑한다는 표현에 인색합니다.

남편에게 또는 아내에게 사랑한다는 말 한마디 하면서 살고 계십니까? 가족과 주변 사람에게 미소를 건네고 있습니까?

사랑은 미소 안에 있습니다.

모든 사랑은
나를 사랑하는 마음으로부터
시작합니다.

인간관계에서 가장 필요한 것은, 쉬운 일은 아니지만, 그래도 기어이 사랑을 표현하는 것입니다.

해안에 널브러진 불가사리 한 마리를 그저 바다에 던지는 사소한 몸짓 하나에서 사랑은 드러나는 것입니다. 겉으로 보기에 보잘것없이 보이는 사람도 그 속에는 하나의 우주가 있습니다. 그 우주에게 미소를 전할 수 있다는 사실이 놀랍지 않습니까?

우리 스스로 무량가피의 존재라는 사실을 다시금 되새겨 봅니다. 다시 한번 스스로 사랑하는 마음을 세웁니다. 나로부터 시작한 사랑이 커져가는 것을 느낍니다.

독화살은 일단 뽑고 보자

독이 묻어 있는 화살을 다리에 맞았다고 합시다. 타는 듯한 고통을 참고 주변을 두리번거리며 누가 이 화살을 쐈는지 찾습니다. 무슨 이유로 쏘았는지 독의 성분은 무엇인지 궁금해합니다. 고통에 얼굴이 일그러진 채로 입술을 꽉 깨물고 말입니다. 그러다간 독이 온몸에 퍼져 죽게 됩니다.

당장 급한 일은 독화살을 뽑는 일입니다. 독을 빼내고 치료를 해야 합니다.

독화살의 비유는 주어진 한계 속에서 어떤 것을 우선순위로 정해야 하는지에 대한 화두를 던져줍니다.

아마 이 비유를 들으면서 '설마 그럴 리야. 누구든 독화살을 먼저 뽑겠지'라고 생각하셨을 겁니다. 맞습니다. 그게 눈에 보이는 독화살이라면 그랬겠지요. 하지만 눈에 보이지 않는 상황과 사건이라면 과연 그럴까요?

우리는 어떤 일이 발생하면 습관적으로 '왜?'라는 물음부터 꺼내듭니다. 원인을 제거해야 사건이 해결되기에 일견 타당한 질문입니다만, 자세히 들여다보면 '누구의 탓으로 돌리거나, 감정적으로 따져 묻고자 하는 마음'이 있습니다.

'왜?'보다 먼저 물어야 하는 중요한 물음은 '어떻게?'입니다. 상황과 사건에는 다층적인 원인과 이유가 있습니다. 그 다양한 원인과 이유를 완벽하게 밝혀낸 후에 조치를 취한다면 이미 늦어버릴 것입니다. 그보다는 일단 당면한 문제를 '어떻게?' 해결해야 하는지 고민해야 합니다. 세상의 많은 일들이 '어떻게?'를 고민하면서 직면한 문제를 차근차근 해결해 가다 보면 저절로 '왜?'에 대한 해답이 드러나게 되어 있습니다.

어떤 상황이든 가장 먼저 독화살을 뽑아야 하는 것입니다. 바로 지금 말입니다.

우리는 언제나 오늘을 살고 있습니다. 과거는 이미 돌이킬 수 없는 흘러간 시간이고, 내일은 아직 오지 않은 미지의 시간입니다. 내일도 어차피 오늘입니다.

불교는 확실히 '지금 여기(Now and Here)'의 종교입니다.

우리는 늘 '지금 여기'에 대한 감각을 깨우고 살아야 합니다.

어떤 상황 속에서 '왜?'라는 질문은 과거에 갇힌 질문입니다. '어떻게?'가 바로 지금 당장 문제를 직면하게 하는 질문입니다. 하루하루 직면한 문제를 긍정적으로 바라보십시오. 그것이 우리가 문제를 대하는 방식입니다.

오늘을 사는 사람은 긍정의 마음을 지닙니다. 과거를 탓하지도 미래를 두려워하지도 않기 때문입니다.

불교는 철두철미한 현실 긍정의 종교입니다. 부처님을 믿는다는 것은 현재를 믿는 것이요, 현재의 실천 수행을 믿는 것입니다.

오늘이 없는 내일은 없다고 부처님은 말씀했습니다. 오늘을 충실히 살아야 내일을 바라볼 수 있습니다. 긍정의 마음은 지금 현재를 소중히 생각하는 가운데 발현됩니다.

과거에 얽매이지 마십시오. 불평과 불만을 버리십시오. 인생에서 가장 중요한 것은 무엇입니까?

바로 사랑과 자비입니다.

나를 사랑하는 마음, 오늘을 사랑하는 마음으로부터 시작되는 사랑과 자비를 실천하십시오.

지금 여기,
바로 이 순간이
영원으로
들어가는 문입니다.

과거와 불평을 벗고 오늘을 긍정하십시오. 행복의 길을 마주하게
될 것입니다.

'불확정성의 원리(Law of Uncertainty)'라는 게 있습니다. 현대물리
학의 원리 중 하나입니다.

초미시세계에서 소립자는 위치나 속도, 질량을 확정할 수 없는데,
유일하게 확정되는 때가 관찰이 이루어지는 때라는 소립자에 관한 이
론입니다.

참 낯선 이야기입니다만 불교식으로 이해하자면, 관찰이 이행되지
않을 경우 이 소립자들은 허상에 불과하다는 이야기입니다. 관찰자가
관심을 두고 관찰을 이행할 때만 실체를 갖는다는 것이죠.

'안이비설신의(眼耳鼻舌身意)'가 '색성향미촉법(色聲香味觸法)'을 인
연할 때만 '식(識)'이 생긴다는 원리와 비슷합니다. 식(識)또한 6근(根)
이 6진(塵)을 인연할 때 생깁니다.

우리 눈에는 보이지 않는 일종의 소립자들의 응집입니다. 지금 이
순간도 우리의 마음은 허공 가운데 모종의 물질을 응집시켜 영상을
만들죠. 이 재료를 소립자라 칭하면 우리의 마음은 물질의 생성에 직
접적인 영향력을 행사하는 셈입니다. '색즉시공 공즉시색(色卽是空 空
卽是色)'이라는 말도 있습니다. 생각을 물질 혹은 에너지라 간주하면

이해가 **빠**를 것입니다.

지금 이 순간 마음속으로 '하면 된다'라고 생각하면 성취를 이루어 줄 물질이 생겨납니다. 마음속에 일으키는 생각을 따라 그 길을 가능케 하는 물질이 생성되고 새로운 길이 창조되는 것입니다.

지금 이 순간을 항상 영원처럼 생각하고 정진하는 사람에게 성취의 길, 가피의 길이 열리는 것입니다. 지금 이 순간, 현재를 놓치면 내일도 미래도 결국은 부질없는 신기루에 지나지 않습니다.

원하는 바가 있다면, 지금 이 순간 몸과 마음을 다해 열심히 기도를 올리십시오. 만약 지금 한 순간이라도 게을리하면 성취는 물론이고 내일도 없습니다. 기도만 하면 다 되는 것이 아니라 끝끝내 기도를 했기 때문에 성취할 수 있는 것입니다.

현재의 몸과 마음을 다해 최선의 오늘을 사는 사람은 현실을 부정할 수가 없는 것이죠. 항상 깨달은 자는 지극한 침묵 속에서도 매사에 긍정적입니다.

부처님과 보살님은 고요 속에서 눈에 띄지 않는 가장 낮은 곳에 있습니다. 그리고 묵묵히 자신을 따르는 이들에게 무한 가피를 내리십니다.

내가 한 말을 돌이켜 듣는다면

   혹시 본인의 통화 목소리를 들어본 적 있습니까? 녹음기에 녹음된 목소리는요? 우연히 듣게 된 내 목소리가 낯설게 느껴질 때가 있을 겁니다. 그런데 더 낯선 것은 목소리보다 내가 말하는 단어와 문장, 그리고 말투였을 것입니다.

   영어를 공부할 때, 생각하면서 영어를 하는 것이 아니라 생각하는 그대로 언어가 되도록, 생각조차 영어로 할 수 있도록 해야 한다는 말을 듣습니다. 길을 걸을 때, 걷는 방법을 생각하면서 다리에게 명령하여 걷는 게 아니듯이, 모국어를 말할 때 생각을 하면서 말을 하지 않습니다. 오히려 말이 생각을 앞지르기도 하죠.

   그래서 의식하지 않았던 자신의 언어 습관을 우연히 접하고 놀라게 되는 것입니다.

　문제는 목소리가 아닙니다. 내 말이 왜 이렇게 퉁명스럽고 날카로우며 한마디 한마디가 상대를 아프게 하는지요. 내 입에서 내뱉은 말이 부끄럽고 어이없을 때가 많습니다.

　천 냥 빚을 단숨에 갚아버리기도 하는 말. 말은 실로 위대한 창조의 능력을 지니고 있습니다. 세상 모든 일이 말로써 이루어진다 해도 과언이 아닐 것입니다.

　말 한마디는 가공할 위력을 지녔습니다. 사람 사이를 극락으로 만들기도 하고, 한 순간 지옥의 나락으로 떨어뜨리기도 합니다. 한마디 말로 사랑을 시작하거나 성공을 거두기도 하지만, 한마디 말실수로 상대방과 원수가 되거나 모진 실패를 경험할 수도 있습니다.

　보살의 열 가지 계율인 십중대계(十重大戒) 가운데 반 이상이 말과 관련된 것입니다.

　'거짓말하지 말라', '사부대중의 허물을 말하지 말라', '자기를 높이고 남을 헐뜯지 말라', '간탐부리고 욕설하지 말라', '성내지 말고 화해하라' 등등 세 치 혀를 조심하라고 간곡히 당부하고 있습니다.

　『천수경(千手經)』제일 첫머리도 입으로 짓는 업을 정화하는 진언,

한마디를 하더라도
마음속에서
수만 번
생각해야 합니다.

즉 '정구업진언(淨口業眞言)'부터 시작하고 있습니다.

'남아일언중천금'이라는 속담도 있으려니와 '항하사의 칠보로 삼천대천세계를 가득 채운 보시보다 부처님 한 말씀을 전달하는 공덕이 더 크다'라는 말씀에서도 말의 중요성을 다시금 되새길 수 있습니다.

그리고 십악업죄(十惡業罪)를 보면, 망어중죄, 기어중죄, 양설중죄, 악구중죄 등 말로 짓는 중죄가 즐비함을 알 수 있습니다.

최근 불거지는 비극적인 사건 사고 중 상당수가 상대의 마음을 헤아리지 않고 말의 위력을 고민하지 않은 채 기분 내키는 대로 내뱉어서 생겨난 것입니다.

말에는 모두 상대가 있는데 듣는 사람을 전혀 고려하지 않고 제멋대로 자기 이야기만 떠들기에 발생하는 문제입니다.

사람들 간에 언쟁이 벌어지면 대부분 '말 함부로 하지 말라'고 큰소리치면서도 정작 자신은 말조심을 하려 들지 않는 경우를 봅니다.

가시 돋친 말을 하기보다 듣기 좋은 말, 아름다운 말을 하려고 노력해야 합니다. 한마디라도 말할 때 조금 더 슬기로운 생각으로 의미를 담아서 하려고 노력해야 합니다.

말은 인간이 만든 가장 중요한 도구인데 우리 스스로 그 좋은 도구를 제대로 사용하려고 애쓰지 않으니 안타까운 일입니다. 아직 우리가 마음공부가 부족하여 쉬운 일이 아니겠지만, 좋은 말을 입에 담고자 노력하면 가족과 주변 사람에게까지 선한 영향을 미칠 것입니다.

  부처님은 말은 재앙의 씨앗이자 진실과 광명의 등불이라고 누누이 강조했습니다. 말 한마디로 화합하기도 하고 복구불능의 상태가 되기도 하기에 진지하고 조심스럽게 다뤄야 한다는 뜻입니다.
  아름다운 말, 좋은 말, 상대에게 이로운 말, 칭찬하는 말, 진실과 정도를 이야기하는 말만 하려고 끊임없이 노력을 기울여야 합니다.

  상대방에게 상처가 될 말을 피하십시오. 유능한 사람은 질책의 말보다 격려의 말을, 충고의 말보다 당부의 말을 사용합니다. 상대방을 살리는 말, 용기를 북돋는 말은 탁월한 불자의 전매특허입니다.
  칭찬의 말 속에 극락이 열리고, 비난의 말 속에 가시덤불이 엉긴다는 사실을 잊지 말아야겠습니다.

주파수를 찾아라

아인슈타인은 '상상력은 그 사람의 핵심이며 그에게 다가올 미래의 자화상'이라고 말했습니다. 과연 위대한 과학자다운 통찰입니다. 마음으로 상상할 수 있는 것은 무엇이든 성취할 수 있다는 뜻입니다.

얻고자 하는 것이 있다면 자신이 원하는 것이 무엇인지 분명히 결정해야 합니다. 그리고 자신에게 그것을 얻을 자격이 있으며 반드시 얻게 될 거라는 사실을 믿어야 합니다.

아들이 "아빠, 나 스키 사줘!"라고 아버지를 조릅니다. 이럴 경우 아버지는 뭐라고 할까요?

"짜식, 공부도 못하는 게 무슨 스키야. 스키는!"이라고 답할 수도 있습니다. 하지만 대부분의 아버지는 사랑스러운 아들의 부탁을 모른

체할 리가 없죠. 아버지는 아마 이렇게 말할 것입니다.

"너 요번 학기말 시험에서 3등 안에 들어 봐. 그러면 아빠가 스키 사 줄게."

아버지의 제안에 힘입은 아들은 열심히 공부했지만 약속했던 3등은 못하고 8등을 했습니다. 아버지는 애초의 약속과는 어긋났지만 아들의 부탁을 들어줄 것입니다.

"비록 3등은 못했지만 열심히 공부하는 자세가 기특해서 꼭 사줄게."라고 하면서 말이죠.

아버지는 아들이 스키를 사 달라고 말할 때 이미 아들의 부탁을 들어주고 싶은 마음이 생겼던 것입니다. 단지 뭐든 조르면 다 들어준다고 생각하거나 아들의 버릇이 나빠질까 봐 일부러 조건을 걸었던 것이죠.

결과적으로 아들은 스키가 갖고 싶다고 마음먹는 순간, 스키가 생긴 것이나 마찬가지였습니다.

우리는 바라는 바가 있을 때 원력(願力)을 세웁니다. 우리가 세운 원력은 우리가 이루고자 하는바, 그곳까지 우리를 이끌어 줍니다. 아무리 사소한 일이라도, 반대로 아무리 큰일이라도 원력을 세운 순간, 그리고 그 원력을 이루어낸 자신을 상상한 그 순간, 그 원력은 이미 이루어진 것입니다. 그다음은 전부 부처님에게 맡기십시오.

다만 여기에는 하나의 조건이 있음을 염두에 두어야 합니다.

'스키' 정도는 원하는 바를 얻기 위한 강한 염원이 없어도 아버지가 사줄 수 있습니다. 직장에 들어간다거나 시험에 합격한다거나 하는 바람도 자신의 노력 여하에 달려 있습니다. 문제는 그보다 더 이루기 힘든 바람도 있다는 것입니다.

사회에서 중요한 위치를 차지하기 위한 바람, 경제적으로 최고의 재력을 얻기 위한 바람, 기적적으로 병환을 극복하고자 하는 바람, 나아가 개인이 아니라 사회적 공익에 부합하는 정의감에서 비롯한 바람, 그리고 깊고 깊은 부처님의 가르침에 공명하고자 하는 바람. 이런 바람들은 좀 더 집중력을 가지고 바라는 마음을 모아야 성취될 수 있습니다.

생각에도 격이 있고 급수가 있습니다. 고급스러운 생각이 있는가 하면 급수가 낮은 생각이 있습니다.

부처님을 생각〔念佛〕하고 계를 생각하는 수행자다운 상념이 있는가 하면, 범속한 욕망의 포로가 되어 충동에 지배당하는 악념이 있습니다.

계행 바른 생각은 고차원과 통해 있으나 저급한 생각은 저차원과

나의 주파수를 찾으십시오.
계행으로
공명하십시오.

연결되어 있겠죠. 이를 고주파와 저주파로 나누기도 하는데 고차원의 목적을 지닌 고주파의 상념은 우주로 방출 되어 고차원의 파장을 끌어들입니다. 저주파도 마찬가지고요. 생각은 강한 파장의 힘을 가집니다. 생각은 파동으로 전 우주 공간으로 퍼지며 같은 파동을 끌어들입니다.

일체유심조(一切唯心造)의 의미처럼 모든 만물은 에너지〔마음〕를 갖고 있습니다. 이런 에너지는 특정 주파수에 반응합니다. 마음의 주파수는 우리의 생각과 감정에 의해 결정됩니다.

만약 무언가를 원할 경우 우리의 생각은 그 즉시 그 주파수를 찾아 이동하게 됩니다. 원하는 마음과 원하는 바가 공명을 일으킵니다. 간절히 원하는 것의 에너지는 같은 주파수로 진동하여 그것을 원하는 이에게 다가갑니다.

모든 사람에겐 고유의 주파수가 있습니다. 자기 주파수를 변조시켜 원하는 것을 끌어들이죠. 자기 고유의 파동을 조절할 줄 아는 존재가 바로 인간입니다.

우리의 기도도 다르지 않습니다. 일단 스스로 마음을 발하는 순간, 부처님도 이루어 주기 위해 귀를 기울입니다.

다만 우리가 그와 같은 원력을 이룰 수 있는 계행(戒行)이 바른 재목인가를 지켜보실 겁니다. 우리가 할 일은 원력을 발하고 이루어질 것을 확신하고 이미 자신의 것이 되었노라고 믿는 것입니다. 안달하거나 걱정할 이유가 없습니다.

우주는 부처님의 가피가 충만한 세계이며 모든 일상은 원력에 따라 운행되기 때문이죠.

한 가지 주목해야 할 점은 우리 스스로 계행이 투철한 인간이어야 한다는 사실입니다. 계행이 투철할수록 강력한 파장을 띱니다. 이처럼 투철한 신념이 내뿜는 강력한 파동은 온갖 무량한 것들을 불러 모읍니다.

강하고 당당한 사람이 되고 싶다면 진리에 입각하고 계행에 투철하십시오. 강력한 추진력은 자신과의 싸움에서 이겼을 때 배가됩니다.

장사를 잘하는 법

사람은 누구나 행복하기를 바랍니다. 그런데 뜻대로 되지 않는 사람이 많아서일까요? 모두 갈수록 어렵다고들 아우성입니다. 현상 유지도 어렵다고 말합니다.

왜 그럴까요? 왜 잘 먹고 잘사는 일이 이토록 어려운 것일까요? 어떻게 하면 우리 모두 잘 먹고 잘살 수 있을까요?

신자유주의로부터 시작된 유례없는 경제 한파와 양극화로 가난한 사람은 더 가난해지고, 직장인들도 정년퇴직은 고사하고 40대 초반이면 직장을 떠나야 하는 상황이 이어지고 있습니다. 노동 시장에서도 비정규직이 대부분이라서 자본이 없는 서민들은 있는 돈 없는 돈 긁어모아 조그만 가게를 차려보지만 입에 풀칠하는 수준을 벗어나지 못합니다. 한쪽에서는 신규 자영업자가 끊임없이 유입되지만, 내수가 어려워서 다른 쪽에서는 폐업 행렬이 이어지고 있습니다. 그럼에도 자영업자는 계속 늘어가는 추세입니다.

작은 바람이 있다면 폐업을 하더라도 최소한의 인간적인 삶을 영위할 수 있도록 정부에서 복지 정책을 구현해 주었으면 하는 것입니다. 나아가 다시 힘을 얻어 재기할 수 있는 부활 정책을 만들어 주었으면 하는 바람입니다.

어쩔 수 없이 자영업의 길로 들어섰다면 장사에 성공을 해야 합니다. 장사를 잘 할 수 있는 방법은 무엇일까요?

장사를 시작하기 전에 시장조사를 통해 좋은 입지를 고르고, 유행과 소비자 기호를 판단해 사업 전략을 세우며, 소비자의 마음을 사로잡을 아이템을 골라 소비자에게 최선의 서비스를 제공하면 장사에서 성공할 수 있는 걸까요?

여기에 비법이 하나 추가되어야 합니다.

장사는 이익이 적더라도 손님이 많아야 합니다. 어떻게 하면 더 많은 손님을 끌어들일 수 있을까요?

그 가게만의 흡인력이 필요합니다. 그렇다면 어떻게 흡인력을 가질 수 있을까요?

우리가 잘 사는 법은
결국 버리고 비우는 것입니다.

진공청소기는 아무것도 없는 진공 상태가 되면 흡인력이 강해집니다. 베푸는 마음, 버리는 마음은 주변의 모든 것을 강하게 흡수해 버립니다.

바로 이렇게 빈 공간에 무한한 부처님의 가피력이 발동합니다. 자신의 이익을 버리고 진공 상태가 되면 강한 흡인력을 갖습니다. 무엇과도 어울릴 수 있습니다.

버리면 강해지는 이유는 뭘까요? 버리면 비워지고, 비워지면 공(空)이 되는데 공은 바로 부처님입니다. 허공은 문자 그대로 부처님이고 무한이고 영원입니다.

부처님 마음을 닮으려 노력하고 부처님의 가르침을 따르면 세상에 두려울 것이 없습니다. 백전백승하는 도리가 여기에 있습니다.

이게 무슨 장사의 비법이냐고요? 장사도 결국은 마음의 원리입니다. 비어있는 마음으로 찬찬히 들여다보시기 바랍니다.

장사가 잘 되는 곳이 그 비결을 만든 근원을 볼 수 있습니다. 자잘한 이익에 몰두하지 않고, 비운 마음으로 자신을 믿고 정직과 겸손으로 장사를 하는 곳입니다. 거기에 우주의 선한 기운이 깃듭니다. 부처님의 가피가 피어납니다.

장사든 혹은 다른 일이든 인생은 우리의 마음이 어디로 향하는가에 좌우됩니다.

우리 인생이 잘 풀리는 비법은 부처님 경전에 있습니다. 진정 우리가 잘 사는 법은 역설적이지만 결국 버리는 법입니다.

　버리는 마음, 베푸는 마음이 쉽다면 누구나 근심 걱정 없이 살아갈 것입니다. 그만큼 어려운 것이 버리는 일입니다. 버리고 베푸는 마음은 폐허 위에 씨를 뿌리는 마음입니다. 결국 모두를 살리는 마음입니다.

　마음을 비우면 허공을 닮게 됩니다. 우리가 꿈꾸는 삶의 가장 궁극의 목적지는 허공이요, 무한이요, 영원이자 부처님입니다. 허공이 항상 우리 옆에 머물듯이 부처님도 마찬가지입니다. 무한우주의 대 생명력이 우리와 하나인 셈입니다.

　사람은 스스로 강해지기를 원합니다. 어떻게 하면 강해질까요? 죽음을 생각하면 강해집니다. 목숨을 내던질 각오로 죽기 살기로 덤비면 강해집니다.

　부처님을 진정으로 믿고 따르는 수행자들이 자신의 모든 것을 흔쾌히 내던지는 이유는 그 가운데 무한가피가 열리기 때문입니다.

　부처님은 부처님의 법에 따라 모든 것을 던지는 사람을 절대 실망시키는 법이 없습니다.

　더불어 부처님의 무한가피와 영광이 함께 하리라는 사실을 분명히 깨닫고 있는 사람은 불행할 시간이 없습니다.

사람은 이 세상에 태어나서 스스로 손에 넣은 것에 대해 내 것, 네 것을 따지며 강한 소유욕을 보입니다. 『반야심경』은 이런 부질없는 착각을 '전도몽상(顚倒夢想)'이라 부릅니다.

내 몸도 내 것이 아니거늘 무엇이 내 것이란 말인가요?

우리가 분명히 알아야 할 것은 이 세상에 나서 손에 넣게 된 모든 것은 내 것이 아니라는 것입니다.

소유가 목적이 아니라는 뜻입니다. 오로지 그것을 얼마나 잘 사용하는가에 따라 활용가치가 달라집니다. 잘 사용하기 위해 잠시 빌리는 것입니다.

자신의 내면에 감춰진 무한의 재보를 발견한 사람의 눈으로 보자면 바깥세상의 금은보화란 그저 종이쪼가리일 뿐입니다.

누구도 훔쳐가지 못할 고귀한 궁전을 소유한 사람이 사상누각과 같은 모래성 따위에 현혹될 리가 없습니다. 그런 마음으로 우리는 인생의 비법을 바라보아야 합니다.

스트레스에 어퍼컷을

    현대인들은 각종 스트레스에 시달립니다. 스트레스는 마음의 탄력
성이 떨어지면서 발생합니다. 마음의 탄력성이 떨어지는 것은 아집
때문입니다.

    현대사회에서 피할 수 없는 정신적 스트레스와 육체적 스트레스를
어떻게 푸느냐 하는 문제는 건강의 중요한 요체가 되었습니다.

    '색즉시공, 공즉시색(色卽是空, 空卽是色)'은 『반야심경(般若心經)』의
대표적인 인용구로 문자 그대로 몸과 마음이 하나임을 강조하는 불교
의 가르침입니다.

    마음의 평안이 몸의 평안이요, 몸의 건강이 마음의 건강입니다. 제
법(諸法)이 망견(妄見)이라 설법한 참뜻은 불합리한 고정관념이 만병

의 근원이며 마음의 미혹이 질병을 가져온다는 뜻입니다.

『금강경(金剛經)』에서는 '무아상(無我相), 무인상(無人相), 무중생상(無衆生相), 무수자상(無壽者相)'이라 하여 일체의 그릇된 견해를 버리는 것을 스트레스 해소의 묘방으로 꼽습니다.

'제행무상(諸行無常), 제법무아(諸法無我), 제법망견(諸法妄見)'이라 했거늘 어찌 흘러가는 물결을 잡으려하겠습니까.

모든 것은 흘러가는 것이요, 고여 있으면 썩는 법입니다. 돌고 도는 것이 인생이요, 삼라만상의 근본 도리인데 내 것을 집착하고 고집을 꺾지 않으니 고통스럽지 않을 도리가 없습니다. 무소유의 마음, 불가득(不可得)의 도를 외면하니 마음속의 불안, 공포, 초조, 번뇌 등의 감정에 동요가 일고 이것이 오랜 기간 지속되면 신체 장기에도 악영향을 미칩니다.

갖가지 번뇌는 모두 무명에서 비롯되는데 번뇌는 온갖 고정관념의 원인입니다. 스트레스가 인간의 잠재의식에 고착되면 고정관념이라는 번뇌 에너지의 응고물이 생기는데 그것이 곧 질병을 유발합니다. 결국 번뇌를 끊어내는 것이 질병 퇴치의 근본적 요체라 할 수 있습니다.

불교에서 번뇌의 퇴치를 수행의 가장 중요한 근본으로 삼는 이유도 따지고 보면 몸과 마음의 건강을 도모하려는 부처님의 거룩한 가피의 발로입니다.

　재물이나 색욕의 노리개로 전락한 인간은 출렁이는 욕정의 파도를 따라 이리 채이고 저리 채입니다. 사나운 번뇌의 파도에 저항하지도 못한 채, 눈이 먼 상태로 고통의 바다를 표류할 따름입니다.

　미망으로부터 눈을 뜨려면 오직 부처님이 말씀한 법의 은혜, 진리의 은혜를 깨달아야 합니다. 마음에서 이기심과 집착, 번뇌를 들어내야 합니다.

　부처님의 진리가 우리를 돕고 있다는 사실을 미처 깨닫지 못하는 이상은 부득불 무명의 암흑을 헤매면서 고통과 질병 앞에 속수무책으로 시달릴 수밖에 없습니다.

　모든 질병은 이기심이란 인간성의 근본적 모순에서 출발합니다. 사람은 너나 할 것 없이 자신의 행복을 위해서 살아가죠. 사실 나만의 행복이란 없습니다. 내 삶은 주위의 다른 여러 존재와 얽혀있으며 상호 의존하기 때문입니다.

　이기심을 버리고 아상(我相)을 깨고 남을 사랑하게 되면 아집이란 고정관념이 부서집니다.

　그 결과 스트레스도 질병도 서서히 떨어져 나가게 됩니다. 건강체

마음의 평안이 몸의 평안이요,
몸의 건강이 마음의 건강입니다.

질이라는 것이 몸과 마음을 함께 닦지 않고서는 달성하기 어려운 것이고 보면 이기심과 번뇌의 속박을 끊어내는 수행이 질병 퇴치의 첫걸음일 수밖에 없습니다. 번뇌와 망상이 사라진 가운데 마음이 통하고 몸이 통하여 미혹으로 인한 질병이 들어설 자리가 없어진다는 것입니다.

참 수행자에게 질병의 발생 확률은 확실히 그 수치가 낮습니다. 허공이 부처님임을 깨달은 자는 올바른 호흡을 통해 부처님을 받아들입니다.

진리를 생활화하는 사람은 미망을 멀리하고 현명하게 판단하며 오직 진리가 우리의 몸과 마음을 지배하도록 합니다. 밝은 태양을 바라보고 즐거운 마음으로 부처님인 허공을 마음껏 호흡하며 이를 감사할 뿐 아니라 항상 부처님을 찬탄하는 마음으로 살아갑니다.

죽음 앞의 물음표

질문은 인간을 순수하게 만듭니다. 자신의 가장 밑바닥에 있는 본질과 대면하게 하기 때문입니다. 질문하는 가운데 진보가 있습니다. 본질을 대면하고 나면 새로운 변화가 시작되기 때문입니다. 끝없는 질문은 능력을 배가시킵니다. 변화에 변화를 거듭하면 자신도 모르는 새로운 능력이 샘솟기 때문입니다.

누구나 자신이 갈고닦은 능력만큼 살아갑니다. 의문을 가지고 질문을 던진 만큼 살아가게 되는 것이죠.

우리 앞에 인생의 온갖 문제가 던져졌을 때, 우리는 자신이 쌓은 실력만큼 그 해답을 얻게 됩니다. 평소에 얼마나 진지하게 물음을 가지고 해답 찾기에 힘을 기울였느냐에 따라 결과가 달라집니다. 수험생들이 평소 공부한 만큼 시험문제를 풀 수 있는 것처럼 말이죠.

형제가 장난감 하나를 놓고 서로 다투는 상황이라면 어떤 해결책을 제시하겠습니까?

어떤 엄마는 장난감을 하나 더 사서 공평하게 하나씩 갖게 했습니다. 한 아빠는 동생에게 형이 다 가지고 논 다음에 가지고 놀라고 말했습니다. 다른 아빠는 형이 동생에게 양보해야 한다고 설득했습니다. 어떤 분은 두 아이에게서 장난감을 빼앗아서 부숴버렸습니다. 아이들에게 경종을 울리기 위해서라더군요.

또 다른 어떤 방법이 있을까요? 아마 평소에 갖고 있는 가치관에 따라, 또는 얼마나 생각하느냐에 따라 여러 해결책이 제시될 것입니다.

이 사회에서 경쟁이 중요하다고 생각하는 가치관을 가진 엄마라면 아이에게 게임을 시켜 이긴 사람에게 줄 수도 있습니다. 아이의 의견을 존중하는 아빠라면, 두 아이에게 각각 그 장난감이 필요한 이유를 듣고 나서 서로 이해시키는 과정을 가질지도 모르겠고요.

아무리 간단한 문제라도 사람마다 해결 방식은 이처럼 천차만별입니다. 문제 해결 능력에 따라 주변이 편해질 수도 있고 반대가 될 수도 있습니다.

평상시에 어떻게 마음을 닦았는가, 부처님 말씀을 얼마나 연마했는가 하는 것이 우리의 삶 전반에 걸쳐 여실히 드러나는 것입니다.

'질문' 또는 '물음'이라는 말을 곰곰이 생각해 보면, '죽음'이라는 상황 앞에서 던지는 물음이야말로 가장 솔직하고 깊이 있는 답을 찾는 질문일 것입니다

누구든 언젠가는 이 세상을 떠나기 마련입니다. 아무리 삶의 과정이 장엄했던 사람이라도 누구나처럼 죽음을 맞이하게 됩니다. 과연 마지막 그날 우리는 진심으로 감사히 죽음을 받아들일 수 있을까요?

죽음을 마음에 두고 지금까지의 내 삶이 어떠했는지 떠올려 봅니다. 질문을 던집니다. 죽음 앞에 부끄러움은 없는지, 충분히 사랑하고 살았는지, 가족과 이웃에게 행복한 사람이었는지. 그리고 스스로 삶의 의미를 발견하였는지. 또한 삶의 과정으로서 죽음을 찬찬히 바라보았는지.

이런 질문을 항상 던져야 합니다. 언젠가 맞을 죽음 앞에서 자신이 찾은 생의 의미를 되새길 수 있으려면, 늘 질문하는 삶을 살아야 합니다.

질문을 하는 이유는 답을 찾기 위해서입니다. 그런데 다른 방향에서 보면, 답을 찾아가는 과정이 질문의 목적이기도 합니다. 질문이 깊어질수록 답은 하나가 아님을 깨닫게 됩니다. 질문의 깊이만큼 신중한 해결책이 나오는 것이지요. 그 과정을 경험하는 것이 질문의 목적일 것입니다.

질문을 하는 이유는 답을 찾기 위해서입니다.
답을 찾아가는 과정이 질문의 목적이기도 합니다.
질문이 깊어질수록
답은 하나가 아님을 깨닫게 됩니다.

질문에 질문을 이어가다 보면, 올바른 문제의 해결책은 결국 부처님의 법 가운데 있음을 알게 됩니다.

인간은 이기심에 따라 행동하기에 이로부터 해탈하는 것이 모든 문제 해결의 근본책이 됩니다. 인간은 육신이 있는 한 진정한 자유를 누릴 수 없습니다. 번뇌와 속박의 포로로 살 수밖에 없는 것이죠. 이런 일체의 자기 속박으로부터 해탈하는 순간, 자유를 얻고 문제 해결의 실마리를 찾게 됩니다.

속박으로부터 해탈된 자리에는 대립도 없고 갈등도 없고 올바른 해결책만이 주어집니다.

우주 만상은 오직 마음의 발현이며 자신의 실력, 능력, 수행의 반영입니다. "세상은 오직 그대의 마음일 뿐이다."라고 한 부처님의 말씀을 굳이 곱씹지 않더라도 우리의 삶은 마음의 산물이고 마음에 의해 창조되는 것입니다.

우리는 늘 죽음의 순간을 마음에 두고 자신에게 늘 질문을 던져야 합니다. 부처님 나라를 품고 질문을 던져야 합니다.

질문을 하는 가운데 마음의 불순물이 사라집니다. 죽음을 앞에 두고 하는 우리의 질문은 육바라밀(六波羅密)과 팔정도(八正道)의 실천 여부에 당도하게 됩니다.

'왜 나는 베풀 줄 모르는가?'

'왜 나는 부처님 말씀을 따르지 않는가?'

'왜 나는 참을 줄 모르는가?'

'왜 나는 정진하지 않는가?'

'왜 선정 삼매를 닦지 아니하는가?'

'왜 지혜를 닦지 아니하는가?'

이렇게 진심을 담은 참회의 질문 가운데 영원한 가피의 문이 활짝
열릴 것입니다.

인생을 소모하는 불안

    1974년 만들어진 〈불안은 영혼을 잠식한다〉라는 독일 영화가 있습니다. 거장 라이너 베르너 파스빈더 감독이 연출한 작품입니다. 독일 산업화의 뒷골목에서 허덕이는 두 영혼의 사랑과 이별을 다루고 있는 영화입니다.

    여기서 두 영혼은 철저하게 소외된 계층이었습니다. 청소부 일을 하는 60대 미망인 엠마와 인종차별을 당하는 아랍계 청년 알리가 주인공입니다. 소외감과 외로움이라는 통로에서 만나 서로의 영혼을 위로하던 두 사람은 결혼에 이릅니다. 그러나 순탄치는 않습니다. 그간의 소외감과 외로움이, 혹은 사소하게 쌓인 오해가 만들었던 상처는 끊임없이 서로의 불안을 자극하게 됩니다. 결국은 불안이 임계점에 달하는 순간 두 영혼은 서로를 놓게 됩니다.

불안은 서로 다름에서 시작됩니다. 사람은 '닮음'을 통해서 안정감을 얻습니다. '다름'과 '차이'가 있으면 어떤 방식으로라도 '닮음'을 향해 나아가고자 노력하게 됩니다. 그런데 그 노력이라는 것은 본질이 아니기에 사소한 오해에도 다름을 더욱 선명하게 만들어 버리기도 합니다. 이해라는 정신 작용을 통해 봉인된 '불안의 인자'는 오해라는 감정 작용을 통해 서서히 자신을 드러냅니다.

불안은 죄에서 비롯하기도 합니다. 죄와 벌의 인과관계 속에서 두려움의 문이 열리고, 그 문 뒤에 숨은 영혼은 불안감에 흔들리게 됩니다.

불안은 욕망에서 기인합니다. 바늘 끝 같은 현실의 한계 위에 자신의 욕망을 얹어 놓는 순간, 불안이 작동합니다. 백척간두에 선 욕망을 생각해 보십시오. 언제고 나락으로 떨어질 위태로운 상황은 욕망의 크기와 무게에 비례해 커질 수밖에 없습니다.

그렇다면 어떻게 해야 불안을 떨쳐버릴 수 있을까요?

남에게서 나와 다른 점을 집요하게 골라낸다거나 남의 틀린 점을 지적하는 대신에 자신에게 사랑과 자비의 마음이 부족하지는 않았는지 반성해야 합니다. 불안은 거기서부터 시작되는 것이니까요. 조금 더 조금만 더 이해하려고 애써야 합니다. 불안해하며 다른 누군가를

불안한 마음이 들 때 선한 일을 하십시오.

사랑의 확장은

마음을 평안하게 만듭니다.

헐뜯고 비난한다고 해서 달라지는 것은 없습니다.

그리고 자신을 사랑하는 힘을 길러야 합니다.

자신의 본모습을 확인하고 그 모습을 당당하게 만나야 합니다. 그러면서 항상 자신의 부족하고 잘못된 점을 참회하십시오. 사랑 없는 삶은 결코 행복할 수 없습니다.

행복은 사랑하고 감사하는 마음의 문으로 들어오고 불안과 불평불만의 문으로 나갑니다. 정녕 불안과 이별하고 싶다면 사랑하고 감사할 줄 아는 마음을 배워야 합니다.

누가 싸움을 걸어오거나 비난을 하거든 웃으며 넘기십시오.

싸움을 걸어올 때 불안해하지 마십시오. 우리에겐 사랑과 자비의 방패가 있습니다. 이 마음은 어떠한 비난도 막아낼 수 있습니다.

누군가 공격한다고 해도 사랑의 마음, 자비의 마음으로 그들을 포용한다면 부처님의 무한가피가 그들의 화살을 막아내 줄 것입니다. 자신의 마음에 정성을 담아 사랑과 자비가 넘쳐나는 창조의 터전으로 만드십시오. 불안의 싹이 자라지 않는 창조의 땅으로 말입니다.

마음이 불안하면 삶의 리듬이 깨지게 됩니다. 마음이 그릇되면 몸의 리듬이 깨지고 건강에도 문제가 생깁니다. 건강에 대한 불안이 오히려 건강을 해칠 수도 있습니다.

'걱정한다고 걱정이 해결된다면 걱정하라'라는 말이 있습니다. 걱정한다고 걱정이 해결되는 것은 아니라는 말입니다. 건강염려증이라는 말이 있듯이, 건강에 대한 염려 중 많은 경우가 병증이 아닌 것으로 판명됩니다. 건강에 대한 지나친 염려가 오히려 마음의 병이 되기도 합니다.

불안한 마음이 들 때는 남을 위해 선한 일을 하십시오. 걱정은 버리고 선한 일을 하십시오. 사랑의 확장은 마음을 평안하게 만듭니다. 사랑과 자비의 마음은 우주의 에너지와 공명하고 있습니다.

사랑과 공명하는 파장이 당신의 건강을 위한 좋은 에너지를 뿜어낼 것입니다.

찬란한 위기의 순간

위기는 예고 없이 불현듯 찾아옵니다. 눈이 밝은 사람은 위기의 전조를 감지하고 예감할 수 있지만, 아무런 준비도 하지 않은 사람은 속수무책으로 위기에 노출됩니다. 우리는 코앞에 닥친 위기 앞에서 어떤 마음을 가져야 할까요?

갑작스럽게 위기가 닥치면 대부분 당황해서 상황을 제대로 바라보지 못합니다. 우왕좌왕하다가 위기에 대처할 골든타임을 놓칠 수도 있습니다. 이것 때문이니 저것 때문이니 하며 위기가 발생한 원인 찾기에 골몰하다가는 실패의 구덩이에 빠져버리게 됩니다.

위기는 사람을 위축시키기도 하지만 장기적인 시각으로 바라본다면 사람을 강하게도 만듭니다.

위기가 다가오면 마음을 다잡아야 합니다. 위기는 새로운 변화로 나아가는 또 다른 기회이며, 결국엔 자신을 단련시키는 훈련이라는 생각으로 기꺼이 받아주겠다는 당당한 마음을 세워야 합니다. 어찌 되었든 누구의 도움 없이 스스로 해결책을 찾아내어야 하니까요. 그리고 그 시점이 조금 빨리 온 것뿐, 이번이 아니더라도 언젠가는 위기를 겪을 수밖에 없으니까요.

이렇게 적극적인 마음으로 위기를 바라보아야 합니다. 삶이란 끊임없이 다가오는 위기를 헤쳐 나가는 과정임을 인식해야 합니다.

어려운 문제가 주어졌을 때는 누구나 긴장할 수밖에 없습니다. 사람은 긴장이 고조되는 순간에 눈빛이 빛나기 마련입니다. 긴장은 인간의 에너지를 강화시키죠. 적당한 긴장은 삶의 활력소가 됩니다. 이런 심리적 부담은 오히려 힘을 기르는 데 도움이 됩니다.

새로운 문제가 던져질 때마다 우리는 심리적인 위축을 받습니다. 주어진 문제를 정확히 풀어내면 성공이지만 그렇지 못할 경우 쓰디쓴 고통의 나락에 떨어지게 됩니다.

삶이 고통인 이유는 삶의 해법을 제대로 풀어내지 못하기 때문입니다. 여러 가지 삶의 문제를 올바르게 해결하기 위해서는 반드시 부처님의 법을 중심에 놓고 생각해야 합니다.

현명한 사람은 어떠한 위험이 닥치더라도 꿋꿋이 해결책을 찾으며 전진합니다. 성공적인 삶을 살아가는 사람은 항상 이런 위험 부담을 흔쾌히 받아들입니다. 위험천만한 문제들로 가득한 성불의 길은 결코 쉬운 길은 아니지만 우리가 가야 할 길입니다.

"게으르지 말라, 부지런히 정진하라. 법을 등불로 삼고 자신을 등불로 삼고 나아가라."는 가르침을 기억해야 합니다.

성공은 과거에 몇 번 실패했는지를 따지지 않습니다. 무한한 패배와 무한한 고통, 무한한 위기가 주어졌을 때 굴복하지 않는 것이 진정한 성공이기 때문입니다. 부처님 또한 성불의 순간까지 위험천만한 능선을 수없이 넘었습니다.

그래서 "한 순간도 놓치지 말라, 이 순간을 중시하라."고 가르쳤으며 "과거도 현재도 미래도 모두 떠나야 한다."고 누누이 강조했습니다. 오로지 지금 이 순간 최선을 다하는 것이 위대한 성공자의 길, 성불의 길임을 스스로 깨달았기 때문입니다.

수없이 실패할 수밖에 없는 것이 인간사의 본질이기에 설령 누군가 허물을 나무라거나 비판하더라도 흔들리지 말아야 합니다. 순간을 망쳐버리는 사람은 영원을 망쳐버리는 것과 같습니다. 순간에 충실치 못하면 영원히 패배의 수렁을 걸을 수밖에 없습니다. 실패하더라도 매 순간 주어진 문제에 성실하게 답을 해내며 살아야 합니다.

위기는
새로운 변화로 나아가는
기회이며,
결국엔
자신을 단련시키는
훈련입니다.

위기의 순간 해답이 쉽게 풀리는 문제는 우리를 성장시킬 수 없습니다. 몇 날 며칠씩 문제를 끌어안고 끙끙대며 칠흑 같은 암흑 속을 걷는 기분을 느껴본 적이 있습니까?

순간을 잡기 위해 노력하며 때를 기다리는 사람은 기회가 오면 과감히 행동합니다. 인생에서 가장 중요한 것은 때요, 시간이요, 기회입니다. 절박한 위기를 딛고 때를 기다리는 것입니다. 그러다가 어느 순간 위기를 극복할 해결책을 발견하게 됩니다.

절박한 순간, 문득 한 줄기 섬광과도 같은 빛이 반짝입니다. 나도 모르게 '아!'하는 탄성이 암흑을 헤치고 터져 나옵니다. 새벽별을 바라보며 환희를 깨닫는 순간, 바로 광명의 순간입니다. 칠흑 같은 어둠을 통과하지 않고 어찌 깨달음의 순간이 열리겠습니까.

칠흑 같은 어둠 속에서 믿을 것은 자신뿐입니다. 문제는 스스로 풀어야 합니다. 그리고 자신을 굳게 믿으시기 바랍니다. 많은 사람이 자신의 중요성을 간과하기에 인생의 해답 앞에서 좌절하고 맙니다.

자신을 믿으십시오. 위기의 순간을 능히 이겨낼 거라 믿으십시오. 현실이 칠흑 같더라도 가피의 빛을 떠올리며 나아가십시오.

깨진 종이 울린다

　구름은 비를 내려 하늘을 닦습니다. 고통은 눈물로 마음을 맑힙니다. 먼지를 씻어내는 비처럼 원수는 나를 큰 사람으로 만들고, 장애물은 나를 강하게 만듭니다.

　온갖 중상모략과 물불 가리지 않는 수단으로 나를 괴롭히고 헐뜯고 배신하는 사람보다 더 큰 은인은 없습니다. 이 땅 위에 남에게 짓밟히고 천대받는 사람보다 더 높은 사람은 없습니다.

　남에게 대접받을 때가 스스로 망하는 순간입니다. 나를 칭찬하고 숭배하고 따르는 사람은 정작 나의 수도를 방해하는 장애물일 수 있습니다.

　깨끗이 패배할 줄 아는 사람이 가장 용기 있는 사람입니다. 어떠한 고통을 당하더라도 깨진 종처럼 잔잔히 계십시오!

낮고 깊은 울림으로 번뇌를 깨뜨리는 범종은 묵묵히 자신의 임무를 수행하다가 그 수명을 다하게 됩니다. 금이 가버린 종은 더 이상 자신의 소리를 발하지 못합니다. 하지만 종이 남긴 낮고 깊은 울림은 공명이 되어 우리에게 겸손과 평화를 가르칩니다. 이처럼 비난도 멸시도 괴로움도 번뇌도 다 소멸시키고 자신과의 싸움에서 이겨냈을 때 한없는 평화가 옵니다.

고통을 이겨내는 만큼 열반이 가까워 올 것입니다. 수행이 있기에 열반이 있고 고행이 있기에 번뇌가 사라집니다.

한산(寒山) 스님과 습득(拾得) 스님은 천태산 국청사(國淸寺)에 있을 때 기이하고 어리석은 행동으로 사람들의 모욕과 천대를 받았습니다. 왕사인 나옹(懶翁) 스님처럼 미움과 천대를 받으려 일부러 도적질을 한 경우도 있습니다.

진정으로 대도(大道)에 들려면 모두에게 버림받고 멸시당하는 것을 두려워하지 말아야 합니다.

고되고 천한 일일수록 도맡아 하십시오. 도가 높을수록 마음을 더욱 낮춰야 합니다. 항상 낮은 자리로 내려가십시오. 칭찬과 숭배는 우리를 타락의 구렁으로 떨어뜨립니다. 나를 채찍질하는 천대와 모욕처럼 큰 가피는 없습니다.

나를 해치려는 원수를 오히려 내게 영양을 공급하는 은인으로 여기고 배신한 사람을 칭찬하십시오.

우리는 도대체 얼마나 많은 것을 알기에 그리 교만하고 도도할까요? 항상 자기 허물만 보고 남의 시비선악을 손가락질하지 마십시오! 내가 그르고 네가 옳다 하는 사람에게 누가 싸움을 걸겠습니까.

바다는 가장 낮은 곳에 있습니다. 물은 낮은 곳으로 쉼 없이 흘러들어 옵니다. 흐르는 물은 결국엔 바다에 이릅니다.

남에게 존경받기를 갈구하면 존경받을 수 없습니다. 내 몸을 낮춰 한없이 낮은 곳까지 내려가면 어느새 가장 높은 곳에 오르게 됩니다. 어진 이는 아무것도 모르는 아이처럼 천진난만하게 행동합니다.

눈먼 사람은 아름다운 장식품을 감상하는 기쁨을 모릅니다. 어리석은 사람 역시 부처님을 만나도 그 기쁨을 알지 못합니다. 지혜로운 사람은 항상 내면의 빛으로 자신을 비추고 마음을 다스립니다. 눈을 가려도 지혜의 빛으로 그 아름다움을 발견할 수 있습니다. 이런 지혜가 모자라기에 우리는 항상 괴로움을 겪는 것이죠.

우리에게 지혜가 모자라는 이유는, 지혜는 멀리하고, 지식을 위한 공부만 하기 때문입니다.

바다는
가장 낮은 곳에 있습니다.
물은
낮은 곳으로
쉼 없이 흘러들어 옵니다.
흐르는 물은
결국엔 바다에 이릅니다.

지식과 지혜는 일견 비슷해 보이지만, 기질상 정반대의 측면이 있습니다.

지식은 쌓을수록 높아집니다. 지식을 계단 삼아 오르고 오르다 보면 교만한 마음도 함께 쌓입니다. 높은 곳에서 내려다보며 지식을 갖지 못한 사람을 차별하고 무시합니다. 하지만 지혜는 낮은 곳으로 스며듭니다. 겸손한 마음이 없다면 지혜를 발견할 수 없습니다. 지혜는 쌓일수록 더욱 낮아지는 마음입니다.

지혜는 무릇 백지 위에 쓰이는 법이니 순수한 사람에게 진보가 있고 발전이 있습니다. 순수는 진정한 예지자이고 행복의 원천입니다.

세상의 고통도 애끊는 일도 흘러가는 물과 같은 것! 비가 내리면 시야가 맑아지고 모든 것이 새로워집니다. 지혜는 바로 그곳에서 생겨납니다. 지혜를 얻어 몸과 입과 생각이 맑아지면 자신의 뜻대로 원력이 실현됩니다. 무한 가피의 길이 열립니다.

마음이 순수한 사람은 보이지 않는 세계의 무한자들을 벗으로 삼습니다. 무한의 허공을 믿고 의지하는 자의 순수한 염원은 반드시 이루어집니다.

손해가 없는 나눔의 공식

　나눔에 인색한 사람이 많습니다. 남에게 나눠주면 내가 가난해진다고 생각합니다. 내 호주머니에 있던 것을 남의 호주머니로 보내면 손해 보는 느낌이 드는 것이죠.

　현대 자본주의는 베풀 줄 모르는 인간, 덕성 없는 인간을 양산하고 있습니다. 인간의 본질적 요소가 덕성임에도 불구하고 지식 위주의 기계적인 인간이 승리한다고 가르칩니다. 신자유주의 교육은 깊이가 없고 수양이 모자라고 도량이 부족한 인간을 양산하고 있습니다. 이 세상은 탐욕의 포로를 자처하고 집착의 노예가 되어 자신의 발전을 차단하는 덕이 모자란 인간이 넘쳐나고 있습니다.

　자본만이 승리자가 되는 이 삭막한 현대사회에서 가진 것 없는 사람이 살아가려면 나누고 베풀면서 함께 힘을 모아야 함에도 혼자라는 편리함 속에 갇혀 주위를 돌아보지 않습니다. 오히려 더욱 각박해지고 있습니다.

우리는 진정으로 남을 위하고 남을 키우고자 하는 마음을 가질 수 없을까요? 다른 사람이 앞서가면 견제하고 시기하고 방해해야 하는 건가요?

참다운 경쟁은 남을 짓밟고 나아가는 것이 아닙니다. 부처님 가르침의 참된 도를 모르는 사람은 관계를 선하게 이끌어 갈 줄도 모르고 상대의 성장을 도모할 줄도 모릅니다.

서로 웃는 낯을 보이는 법, 서로를 진심으로 존중하는 법, 상대의 존재에 감사하는 법을 모르면서 이 사회가 인재를 기르는 비옥한 텃밭이 되리라 기대하는 건 어불성설입니다.

탐욕과 이기심이 팽배한 사회에서 어찌 번영을 기대할 수 있겠습니까.

불교는 상대에게 이익을 주는 행위가 나란 존재의 당위적 이유라고 가르치고 있습니다.

'남을 위하라. 인생은 덕업(德業)이다'라는 말은 불교의 핵심 사상이라 해도 과언이 아닙니다. 상대를 이롭게 하면 업장이 소멸하고 나와 남의 장벽이 허물어집니다.

상대에게 이익을 주는 행위는
우리 존재의
당위적 이유입니다.

내가 남에게 베푼 만큼 서로의 관계는 풍성해지고, 우리는 더욱 부처님과 가까워집니다. 나의 것을 아낌없이 나눠주고 나보다 남의 이익을 더욱 챙기는 마음 가운데 부처님의 위대한 가피력이 발현되는 것은 너무나 당연합니다.

우주는 하나의 몸입니다! 부처님의 몸과 우리는 마치 세포와 세포처럼 서로 연결되어 있습니다. 우리 몸의 어떤 부분에 손상을 입으면 그 부분에 변화가 생길 뿐 아니라 전신에 반응이 전달되죠. 모든 혈액이 상처 난 부위에 모여들고 그 부위를 치료하기 위한 성분을 흘려보냅니다.

내가 베풀면 전 우주가 나에게 베풉니다. 내가 먼저 내어주면 전 우주로부터 되돌려 받습니다. 남에게 베푸는 것은 바로 자신에게 베푸는 것과 같습니다.

남의 기쁨을 나의 기쁨으로 알아야 합니다. 나도 관세음이고, 너도 관세음입니다. 참된 발전의 길은 부처님과 함께 하는 길이요, 모두를 기쁘게 하는 길이라 가르치지 않았습니까.

날마다 무엇이든 하나라도 남을 위한 일을 해야 합니다. 남을 위해 나누었던 작은 마음 한 조각만이 진짜 생명의 길입니다. 모든 사람을 사랑하고 그들에게 가까이 다가갈 때 그것이 곧 부처님 가피로 나아가는 지름길입니다.

얼마나 이웃을 사랑하십니까? 얼마나 나라를 사랑하며 부처님을 사랑하십니까?

남을 우선 생각하고 배려하는 마음, 나라를 생각하고 인류와 우주를 사랑하는 마음, 그 마음이 부처님의 마음이고 번창의 마음이고 무한가피의 마음입니다. 남에게 주면 부처님이 되고 관세음이 되는 것입니다.

'주라, 나누라, 베풀라, 버리라, 비우라' 그곳에 무한의 가피가 황금의 비가 되어 쏟아질 것입니다.

사방을 채운 빛의 배려

　원자력은 효과적이지만 방사능으로 인한 환경오염과 인체에 피해 가능성이 높은 전력 생산 수단입니다. 석유와 석탄을 이용한 화력 발전은 대기 오염을 가중시키는 이산화탄소를 배출하는 반환경적인 발전 수단입니다. 게다가 매장량의 한계로 지속가능성이 없습니다.

　그래서 세계는 대체 에너지 개발에 몰두하고 있습니다. 그중 전통적인 대체 에너지 발전 방식인 태양광 발전은 여전히 중요한 방식으로 인정받고 있습니다. 한때는 에너지 효율 문제가 제기되기도 했지만, 태양전지 기술의 획기적인 발전으로 다시금 주요 대체 에너지로 주목 받고 있습니다.

　앞으로도 수십억 년은 더 타오를 태양은 무한 에너지가 아닐 수 없습니다. 가까운 미래 언제쯤엔 태양광 발전만으로 지구 전체 사용 에너지를 충당할 것으로 기대하고 있습니다.

태양 에너지는 인간에게만 중요한 것이 아닙니다. 단 8분이면 1억 5천만 킬로미터의 거리를 가로질러 지구에 도착하는 태양에너지는 지구의 모든 생명의 기원이라고 할 수 있습니다. 태양이 없으면 지구상에서 어떤 생물도 살아남지 못합니다.

모든 생명체는 빛이 있어야 성장합니다. 마찬가지로 인간의 영혼도 빛의 세례를 받아야 성장합니다. 위대한 성장과 발전은 모두 빛과 더불어 가능해집니다.

참된 번영은 밝은 생활에서 오는 것이니 번영을 위해서는 반드시 빛이 필요합니다. 매 순간 빛과 어둠을 점검해야 합니다.

지금 나의 삶은 빛인가 어둠인가?

우리의 만남은 빛인가 어둠인가?

나의 존재는 상대에게 빛인가 어둠인가?

빛과 무량가피를 만난 우리는 행운아입니다. 빛의 존재를 경험한 사람은 빛 가운데를 걸어가는 것과 마찬가지며, 이미 넉넉하게 성공한 것이며 번창한 것입니다. 빛의 길을 걷는다는 것은 항상 상대를 위해 이익이 되는 바를 고민하고 배려를 해야 한다는 말입니다.

빛의 속성 중 중요한 것이 바로 반사(反射)와 방사(放射)입니다.

모든 생명체는 빛이 있어야 성장합니다.
인간의 영혼도
빛의 세례를 받아야 성장합니다.

어디에 반사되느냐에 따라 다르겠지만, 발현된 빛은 물질에 닿는 순간 반사되어 되돌아 나옵니다. 남을 위해 애쓰는 일, 배려는 반드시 나에게로 되돌아옵니다.

그리고 빛은 발원체를 기준으로 사방으로 퍼지게 되어 있습니다. 이것이 방사입니다. 빛을 내는 물질이나 빛을 받은 물질은 사방으로 빛을 뿌립니다.

누군가로부터 배려를 받은 사람은 반드시 또 다른 누군가에게 배려를 베풀기 마련입니다.

그래서 우리는 상대에게 나를 위해 무엇을 해줄 수 있는가를 묻지 말고, 내가 상대를 위해 무엇을 할 수 있을지를 생각해야 합니다. 우리 인생의 성공 비결은 항상 상대방을 배려하고 상대방의 이익을 생각하는 것뿐입니다.

사람은 항상 남을 배려하기보다 상대방에게서 무언가를 취하려 합니다. 부정적인 인연을 맺는 이유가 바로 이 때문이죠. 마음 가운데 빛이 있는 이상 누군가를 만날 때 상대방에게 무엇을 해줄 수 있을 것인가를 생각해야만 합니다. 진정한 성불의 길은 상대방을 이롭게 하는 곳에서 열립니다.

우리는 인생이라는 여정 내내 끝없이 상대방을 이롭게 하는 행동을 실천하고 배워나가야 합니다.

불교에서 법등명 자등명을 강조하는 이유 역시 등불을 밝히는 마음으로 어둠을 걷어내고 빛의 길로 나아가라는 것입니다. 우리는 수행을 통해 빛의 세계인 열반을 얻게 될 것입니다

수행의 근간을 칭하는 보살행(菩薩行) 또한 남을 돕고 배려하는 것에서부터 시작합니다.

수행을 인생의 거룩한 의무라 한다면 그 길의 완성은 상대방을 항상 사랑하고 배려하는 실천입니다. 사랑은 실천할수록 배가 됩니다. 그리고 상대방을 즐겁게 대하다 보면 하루하루가 축제의 연속일 것입니다. 그래서 참다운 수행자는 축제 같은 광명 속에 사는 것입니다.

부처님과 법을 광명이라 하는 이유는 부처님을 따르고 법을 따르는 가운데 찬연한 빛의 세계, 열반의 세계가 열리기 때문입니다.

부처님을 향하는 것은 자신을 밝게 하는 것입니다. 부처님의 광명과 하나 되는 길은 오직 기도로서 닿을 수 있기에 끝없이 이를 강조하는 것이죠.

사랑만이 자비심만이 성공으로 이끌 것입니다. 인생이 부처님이 되기 위한 여정이라면 그 길은 남들을 잘되게 하는 것에서 완성됩니다.

실패의 길, 또 그 길을 걷다

누구라도 성공적인 인생을 원합니다. 인생 승리, 성공의 법칙은 성불의 법칙과 닮아 있습니다.

우리는 많은 재물을 쌓아 올리고 명예를 드높이는 것을 성공으로 간주합니다. 하지만 이런 성공은 영원하지 않습니다. 진정한 성공은 영원과 함께해야 합니다.

사람들은 무조건 상대를 이기고 봐야 한다고 말합니다. 그러나 작은 승리에 기뻐하는 것은 그만큼 기반이 약하다는 증거입니다. 더 이상 상대할 적수가 없는 경지에 이르면 이기고 지는 일에 초월하게 됩니다. 승패는 일시적 현상일 뿐입니다.

진정으로 강한 인간, 성불의 인간은 승패를 벗어난 사람이죠. 사소한 승패의 결과에 일희일비하지 마십시오. 이 세상은 영원한 승자도 패자도 없습니다. 적을 만들어 놓고 과시하는 것은 참다운 승리자의 자세가 아닙니다. 인생 최대의 성공을 거둔 이들은 승패에 연연하지 않습니다.

성불의 법칙을 따르는 성공은 절대 실패하지 않는 것이 아니라 쓰러질 때마다 다시 일어나는 데 있습니다.

인생길에는 수많은 승패의 분수령이 있지만 성불의 인간은 하나의 분수령을 건널 때마다 절망하거나 자만에 빠지지 않습니다. 오히려 쓰러졌다가도 벌떡 일어나 앞으로 나아갑니다.

고통 가운데에서도 항상 '다 잘 될 것이다'라고 믿으며 즐겁게 발걸음을 내딛습니다. 세상의 비관론 따위는 부질없습니다. 짧은 인생을 탓할 필요도 없습니다. 매번 곤경을 겪더라도 마음속으로는 항상 좋은 결과를 믿어 의심치 않으며 온 세상이 자신에게 큰 기대를 걸고 있다고 확신합니다.

우리는 항상 우리의 모습을 돌아봐야 합니다. 자신의 인생을 정녕 정성스럽게 가꾸어가면서 성불의 의지를 다져야 합니다. 그 길이야말로 참된 성공의 길이며 성불의 길입니다.

마음의 눈을 크게 뜨고 자신을 들여다보십시오.

우리 스스로 우리 자신을 알아야 합니다. 인생의 참된 성공이란 성불의 법칙과 나란히 놓여있습니다.

성공은 절대 실패하지 않는 것이 아니라
쓰러질 때마다
다시 일어나는 데 있습니다.

돈과 명예만이 성공의 잣대가 아닙니다. 그것은 성불의 길을 가는 자에게 부수적으로 찾아오는 보너스 같은 것입니다.

세상이 비난한다 하더라도 웃어넘기고 기뻐하십시오. 마음 가운데 악의 유혹이 찾아들거든 부처님이 지켜본다는 사실을 떠올리며 기도하십시오. 부처님이 어깨에 살포시 얹어놓은 따스한 손길을 느껴보십시오.

성공하려면 자신에 대한 기대를 강화하십시오. 우선 자신을 인식하십시오. 자신을 통제하고 자신에게 성실하십시오. 자신의 잠재력을 스스로 인식하고 자신에 대한 기대를 저버리지 마십시오. 자기 훈련, 자기 수행을 게을리하지 말고, 강한 자신감과 자부심을 가지십시오. 참된 성공은 과거의 숱한 실패에 연연하지 않고 그것을 문제시하지 않습니다. 끝끝내 기억해야 하는 것은 스스로 바라는 것들은 대부분 이루어진다는 사실입니다. 예측하고 기대하는 소망은 반드시 실현됩니다.

인생의 참다운 성공은 부처님을 신뢰하고 자기실현의 예언을 믿고 정진에 정진을 거듭하는 가운데 다가옵니다.

참된 승리자는 성불의 법칙을 따르며 매 순간 강한 집중력을 발휘하여 부처님의 위대한 가피를 확신하는 사람입니다!

한 걸음만 더 나아가자

하는 일이 잘 풀리지 않을 때 점집을 찾는 사람이 꽤 있습니다. 누가 용하다고 하면 100% 신뢰하지는 않더라도 일단 호기심부터 생기는 거죠.

운명은 태어날 때부터 정해져 있다고 믿는 사람이 의외로 많습니다. 이런 숙명론은 예나 지금이나 사람들의 나약한 마음을 파고듭니다.

부처님은 이런 무속에 의존하려는 세태를 삼종외도(三種外道)라 하여 크게 비판했습니다.

불교에서는 업이 있을 뿐 운명은 없다고 가르칩니다. 전생에 지은 업을 소멸하려는 노력을 통해 자신의 마음을 변화시켜 나가면 업장이 소멸하고 운명이 개조된다고 말하고 있습니다.

그러나 현실에서 많은 사람이 스스로 운명을 개선하려기보다는 업의 노예를 자처하고 있습니다.

부처님 말씀을 배우고 실천하며 자신의 마음을 다스리려는 사람은 과연 얼마나 될까요?

불교는 정진을 통해 중생을 부처님으로 만드는 종교입니다. 과감한 결단으로 마음의 원을 세우고 일상에서 이를 실천하려는 의지로 가득 찬 수행자들을 높이 기리는 종교입니다.

우리의 운명은 누가 정해주는 것이 아닙니다. 자기 스스로 만들어 가는 것이기에 원력을 세우고 성실하게 정진한다면 현실 속에서 이를 구현하게 됩니다.

불교의 가르침으로 무장한 채 수행의 삶을 살다 보면 인생의 어떠한 암초도 뚫고 나갈 수 있습니다.

불교의 중요한 수행 방법 중에 반복의 수행이 있습니다. 반복의 위력을 현명하게 활용한다면 장애물 따위에 굴복될 리가 없습니다.

투철한 신념의 반복은 태산도 옮기게 합니다. 위대한 성자들은 자신의 이상을 거듭 반추하면서 정진을 멈추지 않습니다.

포기하지 않고 계속 나아가는 한 반드시 부처님 나라의 메시지를 듣게 됩니다.

눈앞에 가로막힌 장벽을 하나하나 뚫고 나아가다 보면, 한 걸음만 더 나아가자는 마음으로 정진하다 보면 자신도 모르는 사이에 부처님 나라에 도달하게 되는 것입니다.

불교에는 '백척간두(百尺竿頭) 진일보(進一步)'라는 말이 있습니다.

부처님의 길을 따르는 수행자들이라면 겨자씨만한 자아조차도 남김없이 내던집니다. 자신의 몸과 마음을 부처님 앞에 던져 벼랑 끝에서 한 발을 내딛는 심정으로 나아가면 무슨 일이든 해낼 수 있습니다. 그러나 우유부단한 사람은 이를 의심하거나 차일피일 미루면서 좀처럼 결단을 내리지 못 합니다.

불교는 결단의 종교입니다. 결단은 용기로부터 나오고 용기는 부처님의 힘을 신뢰하는 데서 생기는 것입니다. 신심이 곧 여래이고 불성이기 때문입니다.

부처님 말씀대로 번뇌 중생이 신심을 일으키면 즉시 위대한 불성을 얻어 성불할 수 있는 경지〔大乘正定聚之類〕에 오릅니다. 이른바 정정취(正定聚)에 들기 때문에 멸도에 이르러 주변을 상락의 세계로 만들며 법성과 하나가 되는 것입니다. 그를 가리켜 진여·일여와 하나 된 자, 부처님이라 합니다.

정정취의 보살들은 세상을 아름답게 만들며 세상 모든 사람의 마음 가운데 들어갑니다. 이들이 바로 무아의 화신이자 한없이 베풀며 주는 보살입니다. 오직 무아의 결단을 내린 자만이 나를 버리고 세상과 하나가 될 수 있기 때문입니다.

세상과 하나를 이룬 자는 '어떻게 하면 주변 모든 사람을 기쁘게 할 것인가?' 하는 사명감을 가지고 '나는 항상 타인을 즐겁게 하기 위해 존재한다'는 마음가짐 속에 삽니다.

남에게 기쁨을 주는 것이 곧 나 자신의 기쁨임을 깨닫는 순간, 운명이나 숙명이라는 말은 병든 자들의 나약한 신음이나 다를 바 없어집니다.

'그대들을 기쁘게 하기 위해 내가 여기에 존재한다. 모든 이들에게 행복을 주기 위해 이 땅에 온 것이다!'

부처님과 하나 되는 이런 마음가짐 가운데 부처님의 가피가 함께할 것입니다.

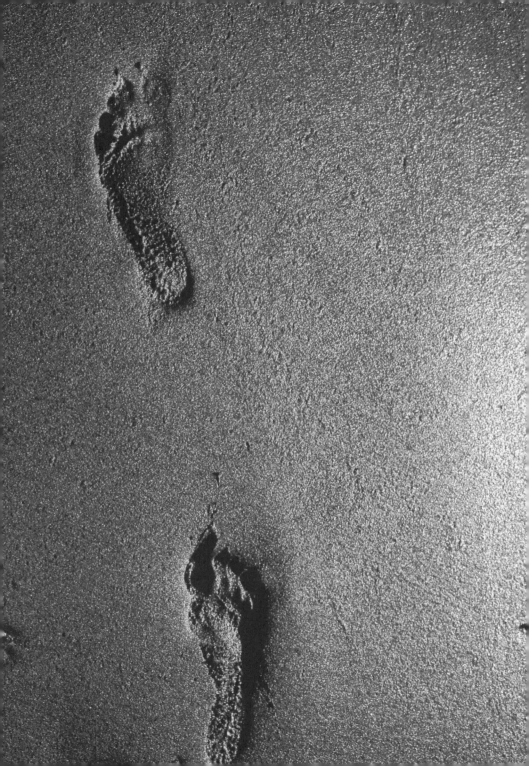

업이 있을 뿐
운명은 없습니다!

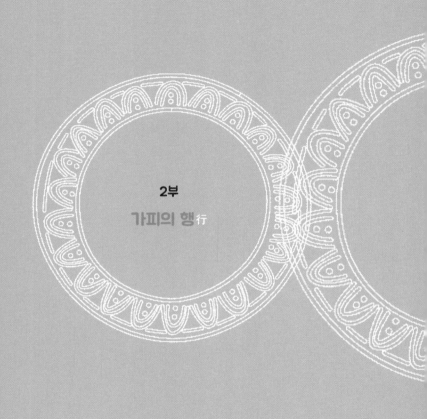

2부

가피의 행行

오늘도
오롯이
한걸음

여기가 바로
가피의 중심입니다

지름길로 가지 마라

　잘 사는 건 무엇일까요? 큰돈을 모아 남들에게 아쉬운 소리 하지 않고 당당하게 사는 건가요? 높은 지위에 올라 자신의 권위와 권력을 지키는 걸까요? 아니면 지식을 높이 쌓아 학식으로 자신의 가치를 증명하는 것일까요?

　잘 산다는 건 어떤 목표를 두고 있는 말이 아닙니다. 잘 산다는 건 차곡차곡 쌓아가는 과정입니다. 차곡차곡 쌓은 것을 다 쏟아서 잃어버리는 과정입니다. 그리고 그 위에 다시 차곡차곡 쌓는 것입니다. 그 과정의 반복이 잘 사는 것입니다. 우리는 그 과정을 수행이라고 부릅니다.

　큰 바위에 구멍을 뚫을 때, 한 번에 쾅! 하고 뚫는 것이 아닙니다.

바위에 구멍을 뚫기 위해선 구멍이 날 때까지 계속 반복해야 합니다. 반복에 반복을 거듭하여 바위에 타격을 하고 그 결과 생기는 것이 구멍입니다.

우리는 역경을 만나면 "관세음보살, 관세음보살"을 수도 없이 외칩니다. 그렇게 하면 반복을 통해 부처님의 힘이 쌓이고, 결국엔 우리 앞을 가로막고 있던 역경이 무너집니다. 역경을 물리치려고 안간힘을 쓰지 않아도 '관세음보살'을 반복해서 외치면 어느새 역경은 저 멀리 사라지고 없을 것입니다.

사실 문제는 외부의 역경이 아니라 자기 자신입니다. 자기 한계는 끊임없이 반복할 때 극복할 수 있습니다.

연습이 대가를 만듭니다. 영원은 무한 반복입니다. 반복을 통해 실상의 세계에 도달합니다. 목표에 도달하려면 계속 가야만 합니다. 쓰러지면 다시 툭툭 털고 일어나서 가야 합니다. 넘어지는 것을 두려워 말아야 합니다.

목표에 다다랐더라도 왔던 힘 그대로 아무렇지 않게 한 걸음 더 걸을 수 있어야 합니다.

성불한다는 것은 끊임없는 수행과 반복을 의미합니다. 우리가 알고 있는 위인들은 실패를 마다하지 않고 계속 나아갔기에 결국 위인의 칭호를 얻었으며 어떠한 난관에도 굴하지 않았기에 영광을 안을 수 있었습니다.

　현실적인 어려움 앞에서도 결코 물러나서는 안 됩니다. 참기 힘들더라도 인내해야 하고 견디기 어렵겠지만 묵묵히 이겨내야 합니다. 산적한 삶의 문제들을 해결하려면 고통에 익숙해져야 합니다.

　난이도가 높은 문제를 자꾸 접하다 보면 실력이 저절로 길러집니다. 갈수록 삶이 힘들다면 그만큼 우리의 실력이 성장한 것으로 생각할 수 있습니다. 고통은 우리를 성장시킵니다.

　상대가 있어야 체력을 키우고 적이 있어야 발전하듯이 삶의 무한한 고통과 난제들이 우리를 앞으로 나아가게 합니다.

　문제가 있는 곳에 진정한 성장이 있습니다.

　하나의 문제를 해결하면 또 다른 문제가 던져지는 것이 인생이므로 우리는 끝없이 문제를 풀어야 하고 매듭을 푸는 만큼 복을 받게 됩니다.

　문제풀이의 과정은 고통일 수밖에 없습니다. 문제를 풀려면 정신을 한곳에 집중해야만 합니다. 마음이 흐트러지면 문제를 제대로 풀 수 없습니다. 문제의 의도를 제대로 파악하기 위해서는 침묵 속에 계속 정진해야 합니다. 끝없이 법을 연마해야 하는 이유가 여기에 있습니다. 끝없이 기도를 계속해야만 하는 이유 역시 다르지 않습니다.

어떤 지름길이든 그 길은 나쁜 길입니다.

오히려 문제가 많고 고통스러워 보이는 길을 선택하십시오.

항상 말 없는 자 가운데 깨닫는 자가 존재하듯이 부처님 역시 아무 말이 없습니다. 문제를 제대로 푸는 사람은 소리를 내지 않습니다. 살얼음판을 딛듯이 조심조심 나아갑니다. 큰 소리를 내며 지나치게 나대면 쉽게 지쳐버립니다. 저항력이 떨어지지 않도록 몸과 마음을 소중히 다루면서 조용히 가야 합니다.

최단의 지름길을 찾지 마십시오. 오히려 문제가 많고 고통스러워 보이는 길을 선택하십시오. 어떤 지름길이든 그 길은 나쁜 길입니다. 불행을 자초하는 사람은 그들 자신의 무지가 불러온 대가를 톡톡히 치를 것입니다. 손쉽게 무언가 얻으려는 태도는 결국 탐욕입니다.

인간의 탐욕은 끝을 모르기에 풍선처럼 부풀어 오르다가 언젠가 터져버립니다. 탐욕이 정점에 이르면 그 욕심 하는 바는 곯을 대로 곯아서 부풀어 터져 신기루처럼 사라질 것입니다.

마음이 향하는 궤도를 바꾸십시오. 성불이라는 고귀한 목적을 향해 쉬지 않고 노력하는 자에게 하늘의 보살핌이 있습니다. 공을 쌓아야 좋은 것이 나오는 것입니다. 부처님의 가피와 함께 하면 알 수 없는 힘이 솟는 이유입니다. 법과 함께 하면 힘이 솟습니다.

중요한 것은 머릿속의 이해가 아니라 행동과 체험입니다. 입으로 가피를 말하기는 쉽습니다. 하지만 가피를 내 것으로 만들기는 어렵습니다. 위대한 생각을 갖기는 쉬우나 위대한 생애를 산다는 것은 쉬운 일이 아닌 것처럼 말입니다.

『화엄경』에서 말하는 '자리이타(自利利他)'는 나도 이롭고 남도 이롭게 살라는 가르침입니다.

이런 삶은 죽음을 앞두고도 안락할 수 있습니다. 타인을 위해 나를 던지는 삶은 번영하고, 개인의 이득을 탐하는 자 필패합니다. 이 시대를 덮고 있는 어둠을 걷어내고 고통의 능선을 넘으려면 오로지 끊임없는 기도의 힘에 의지해야 합니다.

고통 없는 영혼이 어디 있으리오. 끝없는 행동가의 삶, 정진하는 혁명가의 삶 가운데 부처님의 가피는 영원할 것입니다.

한 뼘만 더 파면

20세기 위대한 사업가였던 록펠러의 성공에는 뜻깊은 에피소드가 하나 있습니다.

광산 사업에 뛰어든 그는 큰 위기를 만난 적이 있었습니다. 대규모의 자본으로 벌인 사업이었지만 성공의 길과는 거리가 멀었죠. 사기 사건에 휘말려 자금을 날리고 말았던 것입니다. 노동자들의 임금 지불 요구와 빚쟁이들로부터의 빚 독촉에 시달리던 그는 결국 자살을 떠올렸습니다. 록펠러는 폐광에 엎드려 기도를 했습니다. 그러다가 마음속에서 울려오는 소리에 귀를 기울였습니다.

"때가 되면 열매를 거둘 것이다. 더 깊이 파라."

록펠러는 폐광을 더 깊이 팠고, 사람들은 손가락질했습니다.

그러나 어느 지점을 지나면서 록펠러의 성공을 알리는 파열음이 들렸습니다.

"철컥!"

그 순간 그곳에선 검은 물이 폭발하듯 솟구쳐 올랐습니다. 바로 석유였죠. 유전을 발견한 것이었습니다. 그는 드디어 석유왕 록펠러가 되었습니다.

만약 그의 인생이 석유왕으로 끝났다면, 그는 그저 그런 구두쇠 갑부에 지나지 않았을 겁니다. 21세기에도 그의 이름이 거론되는 것은 그가 석유왕 록펠러에서 기부왕 록펠러가 되었기 때문이죠.

냉혈한 사업가로 활약하던 그는 50대 중반 병으로 고생을 하다가 결국 모든 걸 내려놓고 그동안 쌓은 부를 나누기 시작합니다.

"나는 늘 끔찍한 실패를 기회로 만들려고 애쓴다."라는 말은 그가 삶으로 증명한 명언입니다.

99도씨까지 올라갔어도 1도씨가 모자라면 물은 끓지 않습니다. 임계점을 넘어서야 상이 변하죠. 우리는 99도에서 멈추기 일쑤입니다. 마지막 1도씨를 몰라서 지레짐작하고 거기서 멈추는 것이죠.

마음을 한 뼘만 더 파 보십시오! 거기에는 석유 못지않은 거대한 보고가 있습니다. 끝없는 보물의 샘이 펑펑 솟아오를 것입니다. 스스

99도씨까지 올라갔어도
1도씨가 모자라면 물은 끓지 않습니다.
임계점을 넘어서야 상이 변합니다.

로 삽을 던지지 않은 한 보물의 샘은 터지게 되어있습니다.

록펠러의 말처럼 실패를 통해 성공의 실마리를 찾으려고 노력하는 사람만이 그 1도씨의 노력이 가능할 것입니다.

수행의 의미는 그 1도씨의 노력에 있습니다. 그 노력으로 임계점을 뚫고 마침내 100도씨의 끓는 물이 되어 상의 변화를 이루는 것이 바로 수행의 의미입니다.

새가 자유를 향해 비상하고자 한다면 새장에 갇히는 고통스러운 경험을 겪어보아야만 하죠. 물속에서 평생을 살며 물 밖으로 나가 보지 않은 물고기가 물의 가치를 깨닫기란 쉽지 않습니다.

고난보다 더 위대한 걸작의 길은 없습니다.

우리는 끝없는 고통의 능선을 넘어 영원의 길을 가는 구도자입니다. 고행의 길은 그 끝이 보이지 않죠. 아무리 고통스러운 고행의 연속일지라도 하늘 아래 절망의 밤만 영원히 지속되는 법은 없어요. 추운 겨울이 지나면 어쨌든 따스한 봄이 찾아들 것으로 믿습니다.

위대한 성자들의 오늘을 만들어준 것은 무엇일까요? 무엇이 그들을 비범하게 만드는 것일까요?

한마디로 고난 때문입니다. 고난은 그들을 위대한 인물로 거듭 만들었습니다. 고난보다 더 탁월한 교육은 없어요. 고난은 참된 인간이 되어가는 과정이기 때문이죠. 고통과 고난은 진리로 통하는 최고의 길입니다. 온갖 고난과 장애가 앞을 가로막아 절망적인 상황에서도 성공을 의심치 말아야 합니다. 오늘의 고통을 극복하려는 분투, 노력하는 모습만이 내일을 결정짓습니다.

유의해야 할 점이 있습니다. 고통스러운 가운데서도 희망을 잃지 말아야 한다는 것이죠. 희망을 잃으면 용기와 의욕마저 시들해집니다.

희망을 가진 자는 고난의 행로 속에서도 그것을 시련 극복의 기회로 삼습니다. 자신의 한계를 초월하는 순간 진정한 자기 자신을 만나기 때문입니다. 우리가 자신의 내면을 철저히 점검한다면 자아 속에 투영된 부처님상을 찾을 수 있습니다.

무엇이든 이미 받은 것으로 여기고 감사하십시오. 고통은 감사가 모자라고 가피가 모자라 정체된 현상입니다. 무엇을 받을 것인지부터 따지지 말고 미리 감사하십시오!

지금 주어진 고통은 부처님의 위대한 가피로 향해 가는 길입니다.

우주가 흔들린다 해도

우주엔 우리가 상상할 수 없는 많은 일이 있습니다. 은하계 가장자리에 위치한 아주 작은 태양계의 보잘것없는 행성, 지구에서 바라보는 우주는 신비 그 자체입니다.

천문학자들은 저 멀리 떨어져 있는 별들을 연구하면서 우주의 신비를 하나씩 풀어가고 있습니다. 참 놀라운 일입니다.

우리는 땅을 밟고 서 있어서 땅은 아래 하늘은 위라고 생각하고 있지만 우주엔 위아래가 없습니다. 그저 어디든 내 머리 위가 위라고 하면 되는 것이죠.

지구 위에 사는 우리는 위아래가 바뀔 정도로 파격적인 생각을 하지 않고서는 우주를 이해할 수 없습니다. 어쨌든 우주를 이해하는 과학적인 사실을 밝히는 것은 천문학자에게 맡겨두기로 하고요, 우리는 우주로부터 깨달음을 얻도록 합니다.

모든 천체는 아무리 느려도 스스로 도는 자전을 하죠. 지구 자전 한 바퀴를 우리는 하루라고 합니다. 다른 천체들도 한 바퀴 자전하는 것을 하루라고 한다면, 어떤 별은 지구의 1년이 그 별에서는 하루가 되는 경우가 있을 것입니다. 물론 지구의 10년이 그 별의 하루가 되는 경우도 있고요. 모르긴 몰라도 지구의 만년이 그곳의 하루가 되는 별도 있을 겁니다.

만약 우리가 그곳에 살게 된다면 하루도 살아보지 못하고 죽어야 하는 하루살이 신세를 못 면할 것입니다.

하루가 1년인 별에서는 1년을 하루처럼, 하루가 10년인 별에서는 10년을 하루처럼 살 수 있어야 합니다. 사실 '하루'의 의미를 잊고 사는 우리에겐 1년이 하루여도 아무렇지 않게 지낼 수 있을지도 모르겠습니다.

여기서 하루의 의미를 논하자는 것이 아닙니다. 단지 상상을 해보시기 바랍니다. 그리고 자신을 되돌아보기 바랍니다.

그런 곳에서 우리가 하루를 살 때 어떤 마음이어야 하는지를, 그렇다면 이 지구에서 하루를 제대로 살고자 할 때는 또 어떤 마음이어야 하는지 말입니다.

이 생각은 수행에 대한 우리의 태도를 다시 한번 곰곰이 곱씹어보게 합니다.

느긋한 마음이 필요합니다. 마음이 조급한 사람은 차원이 다른 우주로 진보해 나갈 수 없습니다. 기도와 정진이 중요한 이유는 마음의 안정을 통해 차원이 다른 세계로 진입하기 때문입니다.

부처님 법에 따라 사는 사람이 잘 될 수밖에 없는 이유 역시 그들의 마음에 흔들림이 없기 때문입니다. 마음의 동요가 없는 사람만이 굳건히 나아갈 수 있고 반드시 성공을 이루게 됩니다.

시대적 환난 속에서도 수차례 죽음의 공포를 이겨내며 중국의 오늘을 만든 등소평의 자서전을 보면 '어떤 변화를 만나도 놀라지 않는다〔處變不驚〕. 어떤 변화를 만나도 가벼이 움직이지 않는다〔處變不輕〕'라는 좌우명이 등장합니다.

등소평은 이런 좌우명을 골수에 새기고 군건한 의지를 관철했기에 오늘의 중국을 만드는 견인차 역할을 할 수 있었죠.

세계사에 이름을 남긴 위대한 인물들은 이렇듯 급변하는 조류에도 전혀 흔들림이 없습니다.

변덕이 심한 사람은 몸과 마음이 피곤해질 수밖에 없습니다.

어떤 변화를 만나도 놀라지 않는다.

處變不驚

어떤 변화에도 가벼이 움직이지 않는다.

處變不輕

시류에 따라 빠르게 변하는 몸과 마음에 따라 살면 모든 심신의 기능들이 빠르게 소모되므로 그의 인생은 빨리 끝날 수밖에 없습니다.

삼계 내에는 평안한 곳이 한 곳도 없습니다. 세상이 혼탁할수록 묵묵히 정진하기란 쉬운 일이 아닙니다.

종말이 두려운가요?

항상 죽어갈 존재의 눈으로 사물을 봐야 합니다. 주변 상황이 어렵고 불안할 때일수록 수행력 강화가 더욱더 절실합니다.

사람들이 고통에 휘둘리고 불안에 떠는 것은 결국 힘을 갖추지 못했고 자신감이 없기 때문입니다.

우리의 수행은 흔들리지 않는 길이요, 어떤 변화에도 휘둘리지 않는 길입니다.

승찬대사의 견성법이 담긴 『신심명(信心銘)』에도 '일종평회 민연자진(一種平懷 泯然自盡)'이라 하여 마음이 한결같으면 모든 번뇌는 스스로 사라진다고 했습니다.

힘을 갖추면 고요하고 힘이 없으면 밀리고 흔들리기 마련입니다. 요란하게 소리를 내는 빈 깡통도 그 안에 내용물이 가득 차 있으면 소리를 내지 않는 법입니다.

수행에 정진하는 사람의 마음은 고요하고 흔들림이 없습니다. 그런 사람의 마음은 늘 희망적이기에 그 소망을 달성시킬 수 있는 길을 향해 나아갑니다.

적극적이고 능동적으로 정진하는 자만이 부처님의 위대한 힘과 하나 될 수 있습니다.

주변의 변화에 흔들리지 않는 고요한 마음도 그러한 정진 가운데 가능한 것입니다. 보다 적극적이고 능동적인 정진의 길 위에서 마음의 불안과 고통은 눈 녹듯 사라질 것입니다.

참나의 발견

　우리 안에는 항상 싸움이 있습니다. 진짜인 '참나'와 '거짓 나'의 싸움입니다.

　참나는 '부처님의 나'요, '거짓 나'는 '번뇌의 나'입니다. 지킬 박사와 하이드 씨처럼 내 안에 있는 두 존재의 다툼으로 항상 괴롭습니다. 전적은 대체로 '천사의 나'가 '악마의 나'에게 패배하는 경우가 많습니다.

　우리가 법을 연마하고 기도, 정진해야 하는 이유는 내 안의 부처님을 강화하기 위해서입니다.

　비록 승패의 전적이 늘어날수록 우리의 능력이 배양된다고는 하나 우리의 삶은 참으로 고통스럽고 힘겹습니다. 똑바로 서려고 안간힘을 써보지만 거듭 넘어지고 맙니다.

이는 '물질의 나'와 '악마의 나', '거짓 나'의 변덕 때문입니다. 이들은 항상 두려움과 불만의 원천입니다.

하루는 혜가 스님이 달마 스님에게 물었습니다.

"제 마음이 불안합니다. 모쪼록 불안을 걷어가 주소서. 마음을 평안케 해주소서."

"불안한 마음을 가져오라. 그러면 평안케 해 주겠다."

당황해 어쩔 줄을 모르는 혜가 스님에게 달마 스님이 대답을 마무리하였습니다.

"불가득(不可得)의 그대 마음은 이미 평안케 되었다."

불안의 극복은 참나와 거짓 나를 분별하는 데서 시작한다는 달마 스님의 지혜의 말씀입니다.

우리는 '참나'로부터 소외되면 두려움을 느끼는 존재로 전락합니다. 그래서 불안과 불만이 쌓이게 됩니다.

본래 하나인데 의심을 품는 '질문하는 나'와 '질문을 듣는 나'로 나뉩니다. 물음의 주체와 물음의 대상으로 갈라지는 순간 '참나'로부터 분리되는 것입니다.

남전보원(南泉普願) 선사가 법을 묻는 납자(衲子)에게 "그대가 그대 자신을 향한다면 그대는 그것으로부터 벗어난다."고 말했습니다.

우리 안에는 항상 싸움이 있습니다.
진짜인 '참나'와
'거짓 나'의 싸움입니다.

임제종의 종주인 임제(臨濟) 선사가 "만일 그대가 그놈을 찾는다면 그놈은 더욱더 멀리 달아난다. 만일 그대가 그놈을 찾지 않는다면 그놈은 네 눈앞에 나타난다. 그때 그의 놀라운 소리가 머릿속을 맴돌 것이다."라고 설법을 폈습니다.

두 말씀은 모두 '참나'를 지칭하는 이야기입니다.

현실의 나인 거짓 나의 입장에선 '산은 산이고 물은 물'이지만, 거짓 나가 사라지면 객관적 세계, 현실 세계가 사라지므로 '산은 산이 아니고 물은 물이 아니'게 됩니다. '산은 산이 아니고 물은 물이 아닙니다'라는 명제에 나와 너를 대입해 보면 '나는 내가 아니고 너는 네가 아닙니다', '내가 너일 수 있고 네가 나일 수 있다'로 볼 수 있습니다.

이처럼 나와 남의 경계와 분별이 깨지는 순간 무아의 세계, 참나의 세계, 불가득(不可得)의 세계가 열리는 것입니다.

불가득의 세계는 내가 너이고, 네가 나일 수 있기에 나는 정말 참나이고, 너도 정말 참 너일 수 있는 것입니다.

방황으로부터 해방이요, 무집착의 해탈계에 이르게 되는 것입니다.

나와 상대 사이에 장애물이란 존재하지 않으며 모든 이들은 참나의 무아성을 지니고 있기에 온전한 나가 될 수 있습니다. 참나는 이렇듯

공(空)하며 비존재이기에 산은 산으로써 물은 물로써 긍정하는 것입니다.

"불법의 대의가 무엇입니까?"란 질문에 임제가 '할'을 외치고 덕산이 '방'을 외쳐 그들을 깨우치려 했던 것은 결국 말로는 표현하기 어려운 참나와 연결되어 있기 때문입니다.

"이것을 주장자라 부른다 해도 진리와 갈등을 일으킬 것이다. 만일 이것을 주장자라 부르지 않는다 해도 진리에 반하게 된다. 자! 이를 무엇이라 부를 테냐? 말해 보라, 말해 보라."

수산(壽山) 스님의 이런 일갈 역시 같은 맥락입니다.

이제 수행의 시작입니다. 참나를 만나봅시다. 참나의 단계에 오르려면 진정 이 같은 비약이 필수적이고 강력한 부정을 겪어내야 합니다. 또한 삶과 죽음을 돌파하는 깊은 죽음의 강을 건너야 합니다. 대사일번(大死一番)이면 대불현성(大佛現成)이라 했으니 참나로의 철저한 회귀는 죽음 없이 불가능하며 자기 안의 싸움은 결코 종식되지 않습니다.

깨달음을 얻은 자는 대 지혜와 대 자비와 하나가 됩니다. 진정 번뇌가 곧 부처님이고 부처님이 곧 번뇌입니다.

운명을 가르는 스위치

9회 말 투아웃 만루. 투 스트라이크 스리 볼. 점수는 8대 6. 두 점 차로 쫓고 있습니다. 더 이상 물러날 곳은 없습니다. 야구는 9회 말 투아웃부터라는 말이 있습니다. 과연 역전할 수 있을까요?

투수 마운드에서 홈 플레이트까지의 거리는 18미터입니다. 시속 150킬로미터로 던지는 야구공은 0.5초도 안 되는 순간에 포수의 글러브로 빨려듭니다. 투수가 마운드를 고릅니다. 와인드업! 드디어 공을 던집니다.

순식간에 타자의 눈앞에 공이 옵니다. 그 순간 타자의 생사가 결정됩니다. 안타냐? 아웃이냐? 순간이 생사를 가릅니다.

위험과 기회가 합쳐진 단어를 위기라 부릅니다. 위험과 기회가 한 순간에 함께 던져지는 것입니다. 야구도 인생도 마찬가지입니다. 순간이 천당과 지옥을 가릅니다. 한 생각에 따라 건강과 질병이 나뉘고 번뇌와 보리가 갈립니다.

불교에서 말하는 수행은 이런 한 생각, 한 생각을 점검하는 작업입니다. 기도, 염불, 참선 모두 한 생각을 다스리는 일에 초점이 맞춰져 있습니다.

한 생각은 스위치 역할을 합니다. 스위치를 누르면 천년 묵은 암흑이 내린 컴컴한 방도 순식간에 밝아지고 스위치가 꺼지면 이내 칠흑으로 변합니다. 좋은 생각은 좋은 운명을 만드는 발화점이요, 나쁜 생각은 나쁜 운명을 만드는 발화점입니다. 한 생각의 향방에 의해 무량한 복과 덕을 누리기도 하고 방향이 어긋나는 순간 복과 덕이 소멸하고 재앙과 화가 닥치는 것입니다. 그러므로 한 생각, 한 순간을 보석 다루듯 하는 것이 참된 수행자의 삶이요, 수행의 요체인 것입니다.

왜 이렇게 한 생각과 한 순간이 중요한 것일까요? 그것은 그 순간에 우리의 과거와 현재, 미래, 영원이 들어있기 때문입니다. 순간에 우주가 들어있기 때문입니다. 그래서 한 순간이 모든 것을 결정짓습니다.

평상심시도(平常心是道)를 강조하는 이유는 평상시에 항상 마음을

일분일초 찰나의 순간에
생사가 나뉘고
운명이 갈립니다.

닦아 놓아야 한 순간에 그 공덕이 터져 나오기 때문입니다.

　훌륭한 선수가 되려면 좋은 공도 때려야 하고 나쁜 공도 때려 넘겨야 합니다. 평소 얼마나 수행을 했는가, 얼마나 연습을 했는가는 한 순간에 결정 나는 것입니다.

　『신심명』에도 '지도무난(至道無難) 유염간택(唯嫌揀擇)'이라 하였습니다. 좋고 나쁘고를 버려야 합니다. 좋고 나쁘고를 따지다 보면 순간을 놓치게 되기 때문입니다.

　좋고 나쁨을 따지지 않으려면 나를 버리고 에고(Ego)를 버려야 합니다. 에고가 강해지면 남과 나 사이의 장벽이 높아지고, 좋고 싫음의 경계가 뚜렷해집니다. 부처님의 성품이 자리할 여지가 사라집니다. 좋고 싫음을 떠나 하나가 되려는 마음은 부처님의 마음입니다. 에고를 버리고 부처님의 마음으로 생각을 해야 한 생각이 지닌 위험에서 벗어날 수 있습니다.

　살다 보면 누구에게나 한두 번의 기회가 주어진다고 합니다. 사람들은 그 흔한 기회가 자신에게는 오지 않는다고 불평하죠. 참으로 어리석은 불평입니다. 아무에게나 주어지는 것은 기회가 아닙니다. 기회는 준비하는 자에게만 보입니다. 절호의 찬스를 포착하기가 쉽지 않듯이 기회는 정성스러운 사람에게만 손길을 내밉니다. 그리고 순간을 포착해야만 하기에 망상에 빠져서는 안 됩니다. 항상 깨어있어야 합니다.

실의와 죄의식은 나쁜 망상에 속합니다. 왜냐하면 이런 마음은 자기를 살리는 것이 아니라 죽이기 때문입니다. 과거에 저지른 실수에 얽매여 벗어나지 못하는 것 역시 심리적 망상입니다.

누구에게나 아킬레스건은 있습니다. 약점 앞에 강해져야 합니다. 인생에 있어 가장 중요한 것은 실수로부터 교훈을 이끌어내는 것입니다. 아무리 아픈 약점 앞에서라도 행복한 표정을 가지고 확신에 찬 언어로 무장하십시오.

수천만의 목숨을 희생시킨 1차 대전의 도화선은 한 발의 총성이었고 거대한 둑이 무너지는 것 역시 작은 구멍 하나에서 시작합니다.

일분일초 찰나의 순간에 생사가 나뉘고 운명이 갈립니다. 이런 운명을 가름하는 결정적인 단초는 한 생각, 한 순간일지니 어찌 수행에 힘쓰지 않겠습니까.

기도하는 그 순간 부처님의 위대한 가피가 깃들 것입니다.

더 이상 깨지지 않는

　모루 위에 벌겋게 달궈진 쇠를 놓고 대장장이가 연신 망치로 내려
칩니다.

　탕 탕 탕! 쇠 치는 소리가 대장간을 울립니다. 대장장이는 쇠가 어
느 정도 모양이 잡히자 얼른 물에 담금질을 합니다. 그리고 용광로에
쇠를 넣어 벌겋게 달군 후, 다시 모루 위에 올려놓습니다.

　쇳덩어리는 용광로의 뜨거운 불길과 차디찬 물을 오가면서 단단해
지고, 대장장이의 망치질을 견디면서 자신의 모습을 만들어 갑니다.

　이 과정을 반복하며 강철은 단련됩니다.

　사회적으로 알려진 위대한 인물들은 모루 위의 벌건 쇠가 차가운
물에 담금질 되어 단단해지듯이 처절한 실패를 크나큰 교훈으로 삼

았다는 공통점이 있습니다. 골이 깊으면 산이 높다 하지 않던가요. 참담하리만큼 쓰디쓴 패배를 딛고 성공의 비밀을 포착한 이들은 확실히 남다른 정신 수련법을 지닌 듯합니다.

현재 전 세계적으로 가장 탁월한 자산운용가라는 호칭이 따라다니는 경제계의 한 거물급 인사는 과거에 수억 달러의 투자액을 날린 후 절치부심 끝에 리스크(Risk) 관리기법을 연구개발하게 되었다고 합니다. 바닥까지 떨어져 보지 않은 사람은 뼈저린 반성과 참회를 해 볼 기회가 없습니다. '아프니까 청춘'이라는 말처럼 성공한 인물들 대부분이 젊은 날 수없이 부서지고 깨졌던 전적이 있습니다.

왜 인간은 처절한 고통을 겪은 후에야 위대한 인물로 승화될까요?
고통이라는 엄청난 체험을 직접 겪어보지 않은 이들은 이 질문의 진정한 의미를 모릅니다.
원석은 쪼개지고 부서져 나가야 그 참된 가치가 세상에 드러납니다. 원석이 보석이 되기 위해 필요한 과정입니다.

시공의 세계를 벗어나지 못하는 중생이 시공을 초월하는 부처님의 세계를 체험하려면 시공이라는 틀에 속해 있는 자신을 철저히 부숴야 합니다.

무아의 본질이 드러나려면
수없이 깨져야 합니다.

자신을 산산조각으로 해체하지 않고서는 부처님의 지혜를 기대하기도 어렵고 부처님이 될 수도 없습니다. 인간은 자아를 깨뜨리고 부서뜨릴수록 겸손해져서 결국 무아가 됩니다.

무아의 본질이 드러나려면 수없이 깨져야 하죠. 깨지면 깨질수록 부처님과 가까워집니다. 부서지고 부서질수록 사랑의 화신으로 거듭나고 자비의 화신으로 승화됩니다.

깨알처럼 부서진 끝에야 더욱더 강렬하게 부처님을 느끼게 됩니다. 중생은 고통 가운데 부처님을 찾고 시련 가운데 비로소 하늘에 기대게 됩니다.

새벽기도에는 무슨 의미가 있을까요? 백일기도, 천일기도는 또 무슨 의미가 있을까요?

기도의 의미를 묻는 질문을 하기 전에 먼저 처절한 기도를 올려 본 적이 있습니까?

기도와 참선은 하면 할수록 부처님을 더욱더 강렬히 느끼게 됩니다. 본질이 드러나기 때문입니다. 본질을 둘러싼 장벽이 두꺼우면 사물을 구분하는 일에 어두워집니다. 어두컴컴한 방에 있으면 주위가 쉽게 더러워집니다.

몸과 마음을 던지는 참선이 의미를 더하는 이유는 나를 던지면 던질수록, 세상에 부딪혀서 깨지면 깨질수록 부처님 세계의 아름다움에 더욱 취하기 때문입니다.

불교는 마음을 갈고 닦아야 아름다워진다고 합니다. 기도하고 정진하는 일은 결국 자신의 독심을 깨뜨리는 일이요, 결국 부처님의 아름다운 자비와 사랑에 눈을 뜨는 일입니다.

인간의 교만은 깨지고 부서질수록 녹아 사라집니다. 인생의 참다운 정수는 진실로 나를 부술 때, 나를 깨뜨릴 때 비로소 느낄 수 있습니다.

끝없이 자신을 부수고 또 부수고 끝없이 깨부수다 보면 결국 더 이상 깨뜨릴 수 없는 경지에 도달하게 될 것입니다. 깨지지 않는 단단함, 더 이상 쪼개질 수 없는 극한의 단위까지 가야 합니다.

수행의 길은 결국 나를 부수는 길입니다. 더 이상 깰 수 없는 경계에 도달하면 시공을 뛰어넘는 존재가 됩니다. 진리와 하나 되고 법과 하나 되고 무량, 무한, 영원의 존재가 됩니다.

어느 곳, 어떤 상황에 있건 깨뜨리는 존재가 되십시오. 항상 깨지는 존재가 되지 않고서는 우리에게 영원한 해탈, 열반은 없습니다.

빛이 되려면 깨지고 또 깨져야 합니다. 그래야 우주를 비추는 거룩한 빛이 됩니다.

한번 깨질 때마다 두려움은 용기로 변합니다. 열반이 되기에는 스스로 부족함을 알기에 안으로도 밖으로도 수없이 깨져야 합니다.

세상의 모욕과 천대, 질시 따위는 웃으며 넘기십시오. 그 대신에 끊임없이 참회하고 기도하십시오!

고통을 고통이라 부르지 마십시오. 한없이 깨져야만 부처님의 참뜻을 알게 됩니다.

부처님의 가피는 한없이 깨지고 낮아진 자에게만 한없는 진보로 보답합니다.

법을 살리는 길

　모든 법은 지키기 위해 존재합니다. 행동으로 이어지지 않는 법, 말뿐인 법은 가치가 없습니다. 우리의 모든 말과 생각과 행동 역시 법을 따라야 합니다.

　법이란 조직의 운영을 위해 구성원들이 마땅히 지켜야 할 규율이라는 뜻도 있지만, 어떤 목표를 수행하기 위한 과정이라는 뜻도 있습니다. 이 두 가지 뜻은 결국 번영의 구현, 목표의 달성이라는 행복한 결론을 향해 있습니다.

　사람들은 김치를 맛있게 담그기 위해 김치 담그는 법을 검색합니다. 영어를 잘하고 싶은 사람은 영어 잘하는 법을 찾습니다. 요리건 외국어건 잘하기 위해서는 실제 만들어 보고 자신의 입으로 직접 말해 봐야 합니다. 선생님 설명을 듣고 나서 자신이 직접 문제를 풀어보아야만 자기 것이 됩니다. 스스로 직접 풀이과정을 익히지 않으면 공염불이나 다름없습니다.

법을 깨우치기 위한 공부란 모름지기 실행과 실천이 뒤따라야 가치를 인정받을 수 있습니다. 행동을 담보하지 않으면 쓸모가 없습니다. 부처님 법도 실천을 통해 부처님에게 다가가야만 의미가 있는 것이지 무턱대고 공부만 하는 것은 무용지물입니다. 부처님 법은 우리의 몸과 마음이 부처님이 되어갈 때 진정한 의미를 가질 수 있습니다.

불법이란 중생의 부처 되기 위한 실천 수행으로써 존재하는 것이지 신성한 불경 속에 담겨있다 해서 온전한 가치가 있는 것은 아닙니다.

불교 수행의 기틀로 불리는 신해행증(信解行證)이니 문사수(聞思修)니 하는 가르침 역시 행동과 실천의 참된 가치를 담고 있습니다. 법은 진실로 수행을 기반으로 할 때 그 의미가 살아 숨 쉽니다. 실천하지 않는 법, 행동화와 거리가 먼 가르침은 죽은 말입니다.

아무리 불법이 훌륭하다 해도 기도와 정진을 통해 가치를 실증해 보지 않으면 무슨 소용 있겠습니까.

오늘날 불법이 쇠퇴하고 불교의 포교가 시들어가는 이유는 불법 자

실천하지 않는 법,
행동화와 거리가 먼 가르침은
죽은 말입니다.

체에 문제가 있어서가 아닙니다. 사부대중들이 불법을 연마하고 그를 실천하는 일을 소홀히 여기기 때문입니다.

법이 제대로 지켜지지 않는 사회는 문자 그대로 암흑입니다. 우리가 광명이라 부르는 부처님 법 역시 실천하지 않으면 빛을 낼 수 없습니다. 세상의 빛이 되지 못하는 불법은 당연히 외면당할 수밖에 없습니다.

기도는 부처님과 하나 되기 위한 성스러운 작업이나 몸과 마음을 다해 기도하지 않으면 반쪽뿐인 작업입니다. 그래서일까요? 불교는 이 시대의 빛이 되지 못하고 있습니다. 세상이 이처럼 어두우니 어찌 부처님의 가피력을 운운할 수 있겠습니까.

현실은 불법을 제대로 실천하지 않는 불자들이 더 많기에 중생의 마음 가운데 진리의 태양을 떠오르게 할 수 없는 것입니다. 이 세상이 점점 암흑으로 변하는 것은 불법을 실천하는 불자, 열심히 기도하는 불자들의 숫자가 줄어들기 때문입니다.

어둠은 생명을 잉태할 수 없습니다. 무슨 일이건 광명 가운데 도모해야 합니다. 광명만이 어둠을 걷어낼 수 있는데 진리의 태양이 떠오르지 않으니 온통 질병과 재앙 같은 어둠의 자식이 판치는 세상이 되는 것입니다.

무명만큼 무서운 죄는 없습니다. 환한 불빛 아래 모든 일이 이루어지듯이 광명의 불법을 몸소 실천하지 않고서는 이룰 수 있는 일이란 없습니다. 부처님 법이 얼마나 좋은지는 몸과 마음을 다해 실천해 봐야 비로소 알 수 있습니다.

경전에 이르길 부처님 법 가운데, 우리 모두의 마음 가운데 찬연한 진리의 태양이 빛나고 있다고 합니다. 태양을 떠오르게 하려면 부처님 법을 실천하는 것 외에는 다른 방도가 없습니다.

만생명은 태양이 떠올라야 활기를 띨 수 있습니다. 풍요와 번영은 모두 빛과 관계가 있습니다. 우리는 시대의 사명을 안고 부처님의 법을 실천해야 합니다. 부처님의 빛으로 세상을 밝혀야 합니다.

승리를 가리키는 나침반

아이나 어른이나 지는 것을 좋아하는 사람은 없습니다. 누군가 나보다 조금이라도 낫다 싶으면 무조건 시기하고 질시하기 마련입니다. 스스로 남보다 부족하다는 사실을 인정하기 꺼립니다. 자신의 부족함을 인정하는 순간 지는 것이라고 생각하기 때문입니다.

시기와 질투로 인간사는 갈등이 끊이지 않습니다. 유사 이래 크건 작건 인류는 끊임없이 분쟁에 휘말렸으며, 이 지구상에는 단 한 순간도 편할 날이 없었습니다. 평화는 환상 속에서나 존재합니다.

부처님 말씀대로 남들과의 싸움은 둘째 치고 자신의 내면세계에서 벌어지는 싸움 역시 대단히 치열합니다. '참나'와 '거짓 나'의 싸움은 영원으로 이어지는 전쟁입니다. 부처님도 마지막 순간까지 악마와 싸웠다고 합니다.

진정 부처님이 되는 그날까지 우리는 한도 끝도 없는 안팎의 싸움을 잘 겪어내야만 합니다. 지는 것이 이기는 경우도 있고, 기어이 이겨내야 하는 경우도 있습니다. 때로는 통쾌하게 승리할 때도 있을 테고 때로는 처절하게 패배할 때도 있을 것입니다. 그때마다 일희일비하지 않을 도리가 없습니다.

이렇게 밑도 끝도 없이 싸우다 보면 과연 그 끝은 어떻게 될까요? 상대를 이기기 위해 쓰러뜨리고 차츰 전적을 늘려나가면 어떻게 될까요?

싸움에서 한번 이길 때마다 우리는 강한 힘을 키우게 되겠지만 여전히 의문은 남습니다. 우리 내면의 악마는 물론이고 외부의 모든 적수들과 싸워 이긴 후에는 어떻게 될까요?

대체 그가 가진 위력을 어떻게 설명해야 할까요?

안팎으로 싸움의 연속인 수행에 정진하다 보면 어느 순간 갑자기 방향을 잃을 때가 있습니다. 제대로 하고 있는 것인지, 이런 일을 왜 해야 하는지, 계속해야 하는 일인지 등 의문이 들 때가 있습니다. 또는 수행으로 다잡았던 마음의 중심이 주변 환경이나 지인 때문에 흔들리거나 뽑히기도 합니다.

어쩌면 몸과 마음이 지쳐서 수행의 길에 주저앉아 버리거나, 아예 그 길에서 벗어나기도 합니다. 수행의 긴장감을 놓치고 마음의 욕망에 무너질 때도 있습니다.

흔히 말하는 슬럼프 상태에 빠진 것입니다.

인간은 한곳에 몰두하여 에너지를 지속적으로 쏟으면 기력이 약해질 수 있습니다. 건전지의 방전상태처럼 말입니다. 다시 충전을 해야 하는 상황이 되는 것이죠.

어떻게 해야 이런 상태를 벗어날 수 있을까요?

혼돈 속에서 갈피를 잡아야 합니다. 영혼의 나침반을 가동해야 합니다. 참나가 가리키는 방향을 바라봐야 합니다. 참나가 찾는 궁극의 질문이 무엇인지 다시 마음에 담아야 합니다. 결국 궁극의 질문에 대한 답변은 부처님의 말씀을 통해 찾아보게 됩니다.

부처님은 다름 아닌 그 모든 싸움에서 이긴 최강자입니다. 그런데 우주 최강자로 등극한 부처님은 도리어 이렇게 말씀했습니다.

"아! 기이하기도 하다. 모든 중생의 마음 가운데 나와 똑같은 지혜와 덕성이 있나니. 그들 모두에게 불성(佛性)이 있으나 무명에 가려져 자신을 모르고 있구나."

수행의 길은 바로 무명에 가려진 자신을 발견하는 일입니다. 싸움

혼돈 속에서 갈피를 잡으려면
영혼의 나침반을 가동해야 합니다.
참나가 가리키는 방향을 바라봐야 합니다.

에 지쳐 슬럼프를 겪는 것도 수행의 도정에 있는 일입니다. 순간순간 패배는 있을지 몰라도 결국에는 우리 모두 승리자가 되는 것, 그것이 수행의 길입니다.

우리는 계속 싸워가야 합니다. 왜냐하면 부처님이 이르길 우리의 마음 가운데 우주 최강자의 성품이 있기 때문입니다.

사람들이 지기 싫어하는 근본적 이유가 여기에 있습니다. 우리 마음 가운데 우주 최강자의 성품이 있고 우리가 바로 부처님이기 때문입니다.

다만 무명으로 가려져 있기에 방향이 엇나간 싸움을 계속하고 있는 것입니다. 우리는 거짓 나와 싸워 이기는 것이 아니라 어리석게도 남들과 싸우고 세상과 싸우느라 스스로 피를 흘리고 있는 것입니다.

어쨌든 우리는 생과 생을 거듭하면서 무한한 싸움을 계속하며 영과 육, 양면에 걸쳐 최강자의 길을 걸어야만 하는 숙명적 존재입니다. 우리는 마음 가운데 우주 최강자의 근성을 품고 있음을 믿어야 합니다.

자신의 능력이 부족하다든지 아는 바가 없다면서 움츠러들지 마십시오. 마음 가운데는 최강자의 위신력이 존재하며 부처님의 가피력과 통하는 세계가 있거늘 어렵다 힘겹다고 말하는 것은 부처님 나라의

율법에 어긋나는 일입니다.

　부처님의 가르침에 눈뜬 자는 우주 최강자의 무한한 가피력이 자신과 하나임을 깨달으십시오.

대장정의 전진

　불교는 원(願)의 종교입니다. 자신의 미래를 자신이 창조하는 종교입니다.

　원을 가진 자는 정진으로 자기를 불사릅니다. 결국 그는 등불이 됩니다. 원을 가진 자는 등불이기에 함부로 살지 않습니다. 투철한 계획에 따라 삽니다.

　철저한 수행으로 자신을 닦음으로써 중생을 제도합니다. 자신을 끊임없이 닦음으로써 보살이 되고 부처님이 됩니다.

　닦지 않는 자는 업에 따라 삽니다. 하지만 원에 따라 사는 보살들일지라도 과거 전생에 업이 있으면 고통스럽습니다.

　끊임없이 자기를 닦는 참된 원력보살은 자신의 허물을 벗기 위해서 끝없는 정진을 멈추지 않습니다. 업장을 자꾸 벗겨야 진짜가 드러나기 때문입니다.

자신의 껍질을 하나씩 벗겨 내다보면 전혀 다른 차원의 혁신적 인간이 됩니다.

정진하면 할수록 부처님 마음이 되고 자신을 벗기면 벗길수록 세상은 불국토가 됩니다. 참된 원력보살은 껍질을 벗겨내는 아픔을 과감히 이겨냅니다.

알맹이를 취하려면 딱딱한 껍질을 벗겨내야 하는 것처럼 우리는 껍질을 벗는 고통을 통해 해탈의 길을 가야 합니다.

원력보살의 길은 장애물로 가득한 구도의 길일 수밖에 없습니다. 성불은 결코 요행의 결과가 아닙니다. 극복의 연속이요, 시련의 극복입니다. 진보란 끊임없는 자기 극복을 통해 형성됩니다.

우주 전체가 해탈의 대장정을 걷고 있습니다. 영원한 구도자의 길인 그 길은 고통이요, 형극의 길입니다.

그러나 그 길이 아무리 험하다 해도 결국은 지혜와 복덕의 길입니다. 때론 자갈밭이고 때론 암초로 가득하지만 이 모두가 업의 그림자일 뿐입니다. 그를 이겨내면 분명히 부처님 나라가 열립니다.

앞으로 질주하는 듯해도 방향이 잘못 설정되면 엉뚱한 길로 가게

어떠한 운명의 행로에 놓여있든
결국은 자기가 선택한 결과로써
현재의 자신이 있을 뿐입니다.

됩니다. 우리가 바라던 목적지에 결코 도달할 수 없다면 무슨 소용이 겠습니까. 고통은 인간을 위대하게 만드는 도리입니다. 항상 깨어있어야 합니다. 길 가운데 부처님의 무량가피 있음을 의심치 말아야 합니다.

원력보살은 고통 가운데에서도 꿋꿋합니다. 그 앞에 얼마나 더 한 고통이 예정되어 있는지 누구도 예측을 불허합니다. 그러나 아무리 고통스러워도 아무리 괴로워도 슬픔에 굴하지 않고 묵묵히 원력의 길을 갈 뿐입니다.

이 세상을 떠나는 그날까지, 영원의 그날까지 생명을 다해 그 길을 갑니다. 삶은 어차피 고통임을 자각하기에 무진한 고통을 감내하며 최대한 즐겁게 걷는 것, 그것이 바로 원력보살의 삶입니다.

어차피 고통스러운 인생, 과감히 받아들입시다. 세상에 극복할 수 없는 고통은 없다지 않습니까. 고통과 더불어 사는 것이 원력보살의 길이고 우리가 이 땅에 온 이유 역시 그 길을 닦기 위한 것입니다.

그렇기에 너나 할 것 없이 부처님의 뒤를 따라 원력보살의 길을 걸어야만 합니다.

부처님은 절대 절망시키지 않는다는 그 사실 하나만 확고히 믿고 법 따라 살면 모든 미망은 걷혀집니다.

우리의 마음이 곧 부처님이 될 때 비로소 운명도 바뀝니다.

운명은 내부에 있습니다. 운명은 개인의 마음을 따릅니다. 현재의 불행은 미망 때문입니다. 어떠한 운명의 행로에 놓여있든 결국은 자기가 선택한 결과로써 현재의 자신이 있을 뿐입니다.

시절이 어려울 때일수록 마음공부 하기 좋은 법입니다. 악조건은 오히려 수행하기에 좋은 환경입니다.

원력보살의 길이 비록 험하다 해도 그 길은 지혜와 복덕의 길이고 위대한 부처님 가피의 길입니다.

부처님 가피가 바로 행운이 아니고 무엇이겠습니까.

분명히 기억합시다. 고통의 언덕이 높더라도 부처님과 함께하는 가운데 행운의 문이 열린다는 것을.

참나를 찾는 침묵

　육신의 눈으로는 부처님을 볼 수 없습니다. 유한의 몸으로 무한을 볼 수 없기 때문입니다. 부처님을 만나려거든 유한의 한계를 벗어나야 합니다. 유한의 쾌락에 몰두해서는 불가능합니다.

　집착하는 마음이 있으면 유한을 극복하기 어렵습니다. 무언가에 집착하는 삶이 우리를 유한의 노예로 만들기 때문이죠. 유한의 세계, 물질의 세계는 유혹하는 손길로 가득합니다.

　유한의 세계는 이기심을 바탕으로 전개됩니다. 이기심은 반드시 벗어던져야 할 것이기에 현재 우리의 눈으로 보는 세계 역시 언젠가는 사라질 모래성 같은 것입니다.

　현대인들의 삶은 지나치게 유한에 몰입하기에 무한과 만나는 시간이 너무도 짧습니다. 우리의 본질이 무한인데 유한의 세계, 욕망의 세계, 물질의 세계에만 탐닉하다 보니 우리 몸을 썩게 만드는 병들이 난 무합니다.

한 번쯤 눈사람을 만들어 봤을 겁니다. 조그만 돌멩이를 눈으로 단단히 뭉쳐 핵을 만들고 그것을 눈밭 위에서 굴려 나가며 눈덩이를 불리죠. 우리의 강한 이기심 역시 핵이 되어서 점차 부풀어 오르면서 종양이 되고 암이 됩니다. 이기심의 나쁜 눈사람이 되는 것이죠. 유한의 세계가 갖가지 질병이 가득한 이유는 모두 이기심 때문입니다.

무한과 함께하지 않으면 생명력을 이어나갈 수가 없습니다. 우리는 호흡을 통해 허공과 무한으로부터 생명 에너지를 얻습니다.

흔히 웅변은 은이요, 침묵을 금이라고 말합니다. 뛰어난 말보다 침묵이 중요하다는 것인데, 이는 침묵 가운데 무한과 만날 수 있기 때문입니다. 침묵은 본질의 나와 마주하기 때문이죠. 우리의 본질은 무한이며 사랑입니다.

참선과 기도를 하는 이유도 무한과 만나기 위해서입니다. 무한만이 우리 안의 덩어리 진 욕망과 유한의 핵들을 녹일 수 있습니다.

미국의 교도소에서 수감자들에게 참선을 가르쳤더니 재범률이 현저히 떨어졌다는 보고가 있습니다. 실로 환영할 만한 뉴스입니다. 생각해보십시오. 침묵 속에서 가만히 들어앉아 누굴 만나나요?

참나, 바로 부처님을 만나게 될 것입니다. 마음속으로부터 부처님의 준엄한 비판이 울려왔을 것입니다. 자신의 잘못을 통렬히 참회할 수밖에 없었을 것입니다.

갈수록 현대인들이 참선에 관심을 보이고 있습니다. 무한과 만나는 가운데 갖가지 스트레스가 사라지기 때문입니다. 스트레스란 무엇인가요? 바로 이기적인 나입니다.

참선은 이기적인 나를 가능한 한 작게 부수는 작업입니다. 번뇌의 나, 망상의 나, 욕망의 나를 녹이며 무아의 경지를 증대시켜 나갑니다. 참나를 강화시켜 나갑니다.

자연히 스트레스는 녹아내립니다. 만병의 근원인 스트레스가 사라지면 이에 따른 갖가지 병적증세도 완화됩니다.

진정 우리는 무한과 항상 하나를 이루어야 합니다. 우리의 본질인 무한 가운데 참선과 기도 속에 살아야 합니다.

참선과 기도의 수행 속에 무량가피가 뒤따르는 것은 너무도 당연합니다.

'초증보리방편문(超證菩提方便門)'이라 하여 초월의 삶을 살며 깨달

참선은
이기적인 나를
가능한 한 작게 부수는 작업입니다.

음의 길을 간다면 무량한 지혜 방편문이 열린다고 합니다.

현실을 뒤로하고 초월의 길을 가십시오. 초월 세계는 부처님 나라로 통합니다.

부처님의 눈을 열어야 합니다. 두 눈에 물질에 대한 탐욕을 가득 안고서는 부처님 나라를 볼 수 없습니다.

기를 쓰고 돈을 벌어 무얼 할 건가요? 죽으면 재물이 다 무슨 소용인가요?

물질은 오직 이 땅에 사는 동안만 필요합니다. 죽으면 육신의 모든 감각은 문을 닫습니다. 잠을 잘 때처럼 말이죠.

현실에 치여 노후대비만 하지 말고 사후대비도 열심히 하시기 바랍니다.

아무리 겉으로만 사랑하는 척, 친절한 척해도 소용없습니다. 겉과 속이 한결 같은 삶을 살아야 합니다. 겉과 속이 다른 삶은 재앙입니다.

유한의 껍데기 세계와 무한의 부처님 나라는 전혀 차원이 다릅니다. 죽고 나면 적나라한 진면목이 드러납니다.

참나와 만나십시오. 무한과 만나십시오.

무한과 만나는 시간을 연장하고자 한다면 참선을 해보십시오.

열심히 기도를 해보십시오.

부처님의 위대한 가피를 한층 더 강렬하게 증험할 수 있을 것입
니다.

나로부터 떠나는 자유

　'열심히 일한 당신 떠나라'라는 카피로 유명했던 광고가 있었습니다. 달리는 차에서 차창으로 손을 내밀고 드라이브의 자유를 만끽하는 장면에서 많은 직장인이 부러움과 해방감을 함께 느꼈을 것입니다.

　고단한 일상을 벗고 어디론가 훌쩍 떠나고 싶은 현대인의 감성을 제대로 자극한 광고였죠.

　사람들 마음속에는 자유에 대한 갈망이 늘 있습니다. 하지만 우리가 원하는 자유가 무엇인지 차분히 생각해 보면, 일상을 벗어나 여행을 가는 것만이 우리가 원하는 자유는 아니라는 결론에 이릅니다.

　과연 우리에게 진정으로 필요한 자유는 어떤 것일까요? 자유의 참된 의미는 무엇일까요?

인류가 끊임없이 혁명을 일으키고 제도를 바꾸는 것 역시 침해당한 자유를 되찾기 위한 노력이었습니다.

인간 내부에 본래 자유인이 들어있기에 자유를 침해당하면 투쟁하는 것이 인간의 본성입니다. 이 같은 혁명을 외부적 혁명이라 할 때 내부에서 발하는 혁명 역시 매우 중요합니다.

외부 자유를 소극적 자유라 한다면 내적 자유는 적극적 자유라 부를 수 있습니다.

자유의 적은 이렇듯 안팎으로 있습니다. 자유는 우리의 본질적 의지이며 그의 결과는 성불입니다. 우리는 진정 자유인, 해탈자 본연의 모습으로 살아야만 합니다. 온갖 감각의 노예 상태로부터 해방되어야만 합니다.

역사적으로 자유라는 나무는 혁명의 피를 마시며 자랐고 민주주의도 마찬가지입니다. 해탈자의 길 역시 처절함 속에서만 열립니다.

불교에 정통했던 헤겔 역시 "자유는 필연의 자각"이라 했으며 "역사의 진보는 자유의식의 진보"라 했습니다. 현실에서의 자유는 "이성적 필연을 자각하는 데서 얻어진다."고 말하기도 했습니다.

자유는 보통 '~로부터의'라는 말을 앞에 달고 다닙니다. 자유를 속박하는 것으로부터의 해방이라고 한다면, 속박의 주체는 무엇일까요? 다름 아닌 바로 나 자신입니다.

우리는 너무 많은 굴레 속에 삽니다. 우선 육신의 굴레가 있습니다. 보는 것으로부터의 굴레, 듣는 것으로부터의 굴레, 생각하는 것으로부터의 굴레 등등 한도 끝도 없는 굴레가 우리를 속박하고 있습니다. 먹고 마시고 사랑하는 것, 우리를 속박하는 것 자체가 모두 굴레가 됩니다.

이 같은 굴레로부터의 해방감을 누리기 위해서 우리는 부처님 앞에 섭니다. 자유의 의미를 살펴 볼 때 해탈이란 낱말만큼 멋진 단어가 있습니까?

모든 굴레로부터의 해방, 그것이 바로 해탈입니다. 우리를 속박하는 모든 굴레를 번뇌라 부른다면 이들 족쇄에서 벗어나는 길이 해탈이며 수행의 길입니다.

그런데 애초에 그 같은 족쇄는 누가 채웠나요? 바로 자기 자신입니다. 스스로 족쇄를 채우고 스스로 고뇌하는 존재, 그가 바로 인간입니다.

이 원초적 족쇄를 풀어내기 위해 우리는 참으로 힘겹고 어려운 길을 가야만 합니다. 비우고 버리는 길이 바로 그 길입니다. 버리지 못해 괴로운 것이요, 비우지 못해 고통스러운 것입니다. 버리면 참으로 자유로워집니다. 버리지 못하기에 그에 지배당하는 것입니다. 자유로워지고 싶은 마음, 해탈의 문을 열어가고 싶은 마음, 그 마음이 부처님 마음입니다.

재물, 색, 식욕, 명예, 수면 등 한도 끝도 없는 이 각각의 족쇄들에서 해방되고 싶은 마음, 자유로워지고 싶은 마음, 하늘의 새처럼 날고 싶은 마음이 드는 것은 인간이 지닌 또 다른 본성입니다.

무소유의 대 자유란 말이 바로 그를 웅변합니다. 모두가 버리지 못해 싸우는 것이요, 비우지 못해 애처로운 존재들이 되어버렸으니 참으로 애석하고 안타까운 일입니다.

갖가지 족쇄로 속박된 인간은 자신의 집착이 갖가지 재앙을 자초하는 화근이라는 사실을 제대로 알지 못하고 있습니다.

욕심이 화를 부르기에 『열반경(涅槃經)』에서는 '해탈을 부처님이라 부른다'고 가르칩니다.

우리가 스스로 묶어놓은 사슬을 풀어버릴 때 자유의 문이 열리고 해탈의 문이 열립니다.

감정의 노예가 되어 제멋대로 행동하고 감각과 욕망의 포로가 되어 파멸의 길로 치닫는 우리 자신을 자유롭게 하기 위해 우리는 항상 자신과 싸워 이겨야만 합니다.

남을 이기는 게 중요한 것이 아닙니다. 이보다 더 중요한 것은 자기를 이기는 것이고 자기한테 항복을 받는 것입니다.

수행의 가장 중요한 열매가 바로
자유입니다.
수행의 결과 우리는
자유인이 될 수 있습니다.

수행의 가장 중요한 열매가 바로 자유입니다. 수행의 결과 우리는 자유인이 될 수 있습니다.

부처님은 항상 자유자재의 경지를 가르쳤습니다. 그 어느 것에도 지배당하지 않는 해탈의 자유를 말씀했습니다.

해탈의 길을 통해 우리는 열반의 세계에 이릅니다.

자유의 진정한 가치를 깨닫고 싶은가요?

자유의 진정한 목적은 성불입니다. 참 자유의 세계는 나와 남의 경계가 없는 세계요, 그 세계는 지고(至高)의 아름다움의 세계입니다.

그곳에서 항상 진리와 정도는 하나로 맞닿아있습니다.

연꽃의 미소

수행의 중요한 열매 중 하나는 기쁨입니다. 기쁨은 자유만큼 우리의 삶을 행복하게 해 줍니다.

그러나 우리가 말하는 기쁨은 세상이 말하는 기쁨과는 다릅니다.

세상의 기쁨은 욕망과 닿아 있는 경우가 많습니다. 욕망의 발화와 과정과 성취가 기쁨의 요소가 될 텐데요, 우리의 기쁨은 수행의 발화와 과정과 성취가 기쁨의 요소가 됩니다.

수행의 성취로 얻어지는 기쁨은 고차원의 기쁨입니다. 참나가 부처님의 나와 만나서 주파수가 공명하는 떨림에서 오는 기쁨입니다.

이런 기쁨을 만나면 연애하는 사람의 얼굴처럼 얼굴빛에 미소가 가득합니다. 낭패인 일을 당해도 그 웃음이 가시지 않습니다.

고통이 가득한 수행의 결과는 연꽃 같은 미소로 돌아옵니다.

그러면 공명의 떨림으로 사랑과 자비를 발하는 기쁨의 과정을 살펴보겠습니다.

부처님은 "온 세상을 향해 한없는 자비심을 내라."고 말씀했습니다. 부처님의 궁극의 마음은 한없는 자비심입니다. 불교에서 말하는 견성이란 한없는 부처님의 자비심과 만나는 것이요, 성불은 한없는 자비심과 하나 되는 것을 말합니다.

자비심 또는 사랑은 결국 마음을 하나로 모으는 것입니다. 바로 부처님 마음이라 할 수 있습니다.

'일상(一相)인즉 무상(無相)'이므로 하나는 정녕 무한이요, 사랑입니다. 우리 인간의 마음 가운데는 무한에 대한 동경이 존재합니다. 왜냐하면 우리의 마음 가운데 무한이 들어있기 때문입니다. 무한은 하나이며 사랑이며 자비로 통합니다.

세상에서 가장 고독한 단어는 무엇일까요?

그것은 바로 '나'입니다.

우리의 마음속에 무한의 사랑이 이미 가득한데도 그를 깨닫지 못하고 "고독하다, 외롭다."를 남발하기에 중생이라 부르는 것 아니겠습니까.

부처님은 자비이고 사랑입니다. 사랑과 자비가 필요한 곳에 부처님의 무한 가피력이 함께 합니다.

'법(法)이 있는 곳에 내가 있다'라고 한 부처님 말씀처럼 부처님의 법 또한 사랑과 자비로 생명을 살립니다. 삶 공부 중에 가장 탁월한 공부는 사랑을 일깨우는 공부요, 자비를 일깨우는 공부입니다. 우리의 생각 가운데 자비가 싹트게 하고 우리의 말 가운데 사랑을 심고 우리의 행동 가운데 부처님이 살아 숨 쉬게 해야 합니다. 부처님의 가피는 오직 우리의 사랑의 크기만큼 함께 합니다.

사랑의 크기만큼, 버리는 것만큼 거둘 수 있습니다. 전부 다 주면 전부를 얻는 것이요, 베푸는 것만큼 상대를 움직일 수 있습니다. 사랑의 마음일 때 하나로 묶이고 자비의 마음이 될 때 통일성이 생깁니다. 상대에게 베풀면 상대를 지배할 수 있고, 하늘에 베풀면 하늘을 지배할 수 있으며 귀신에게 베풀면 귀신을 지배할 수 있습니다. 상대에게 먼저 베풀고 사랑과 자비의 마음을 펼치십시오.

베풀면 베풀수록 풍요로워진다는 것을 믿고 도움이 필요한 사람들을 도우십시오. 그러면 저절로 정상에 오를 것입니다.

부처님이 말씀한 자비의 공덕을 항상 생각하며 살게 되면 다음과 같은 좋은 점이 따라옵니다.

사랑과 자비는
만인을 우리 편으로 만드는 일입니다.
사랑의 마음 가운데,
베푸는 마음 가운데 평화가 찾아옵니다.

첫째, 평안한 삶을 살게 됩니다. 둘째, 항상 몸과 마음이 건강하며, 셋째, 악몽을 꾸지 않습니다. 넷째, 사람들로부터 사랑을 받고, 다섯째, 일체 중생과 보이지 않는 세계의 도움을 받습니다. 여섯째, 모든 신이 옹호를 하며, 일곱째, 갖가지 불·물·독·칼 등의 해를 입지 않습니다. 여덟째, 쉽게 삼매에 들어가고, 아홉째, 항상 안색이 밝고 빛나게 됩니다. 열 번째, 하늘나라에 들어갑니다.

사랑과 자비는 만인을 우리 편으로 만드는 일입니다. 사랑의 마음 가운데, 베푸는 마음 가운데 평화가 찾아옵니다. 사랑과 자비심이 가득하면 사람마저 변합니다.

현대 의학에서도 사랑의 마음, 기도의 마음 가운데 암세포를 없애는 물질인 세로토닌이 생성된다고 밝힌 바 있습니다. 시들시들하던 화분 속 식물들도 햇빛이 잘 드는 베란다에 내놓기만 하면 싱싱하게 살아납니다. 마음을 바꾸는 것만으로도 독성이 녹고 병이 낫습니다.

우리도 사랑의 마음이 되기만 하면 본연의 생명력으로 충만해질 것입니다. 부처님의 가피가 함께하는 가운데 어떠한 위해도 우리를 위협할 수 없게 됩니다.

현명한 자와 어리석은 자의 차이는 결국 득실과 시비를 일시에 놓아버릴 수 있느냐 없느냐〔知者無爲 愚人自縛 得失是非 一時放却〕하는 마음먹기에 달려 있습니다.

　이렇듯 자신을 얽어매지 않는 무위를 실천하는 자에게 부처님 가피의 나라는 활짝 열릴 것입니다.

행복에 대한 감각

　톨스토이는 『안나 카레니나』에서 "행복한 가정이란 엇비슷한 이유로 행복하지만 불행한 가정은 제각각의 이유로 불행하다."고 말했습니다.

　행복한 가정에서 행복이 엇비슷한 이유는, 여러 행복의 이유가 있는데 모든 조건이 그에 부합해야 행복이 이어진다는 뜻입니다. 불행한 가정이 제각각의 이유로 불행한 것은, 그 많은 행복의 이유 중 어떤 단 하나의 부족으로 인해 불행해진다는 말입니다. 사람들은 다른 모든 조건이 다 채워졌더라도 그중 하나만 부족해도 불행하다 느낀다는 말입니다.

　현실에서 모든 조건을 다 충족하기는 어렵습니다. 최소한 어느 하나는 부족하기 마련이죠. 그래서 우리는 행복하다는 말보다 불행하다는 말을 더 많이 하는 것입니다.

　수행의 중요한 열매 중 하나가 바로 '행복에 대한 감각'을 정확하게 알게 되는 것입니다. 어떻게 해야 행복이 오는지, 어떤 감각이 행복인지 분명하게 알게 되는 것입니다.

　물건을 도둑질 한 아이를 잡은 가게 주인이 있습니다. 어떻게 해야 현명하게 처리하는 것일까요?
　한 사장님은 자기가 손해 본 것에 대한 억울함에, 또 이런 아이는 따끔한 맛을 봐야 한다며 경찰에 신고해야 한다고 말합니다. 이렇게 강하게 경고해야 다시는 이런 짓을 저지르지 않는다고 엄포를 놓으면서 말이죠.
　다른 사장님은 아이의 미래를 생각해서 이번만은 좋게 타이르겠다며 아이를 다독였습니다.
　각각의 선택이 어떤 결과를 낳을지는 미리 판단할 수는 없습니다. 그러나 우리는 전자의 유형보다 후자의 유형에 더 많은 박수를 보낼 것입니다.
　전자의 유형은 부정적이고 파괴적이고 낮은 차원의 문제 해결법을 따르는 것이고요, 후자의 경우는 고차원적이고 긍정적이며 화합을 추구하는 해결법이라고 할 수 있겠습니다.

우리의 행복을 좌우하는 결정적 잣대는 바로 이런 사고 수준의 승화입니다. 부정보다는 긍정을 유도해야 합니다. 상대방이 분노할 때 나도 같이 분노하면 그곳에 평화와 안녕은 없습니다. 행복은 굳이 말할 필요도 없습니다.

이번엔 상대의 분노 속으로 함께 들어가 봅시다.

상대의 마음을 차분히 살펴보다 보면 '아, 내가 너를 이렇게 화나게 만들었구나' 하는 생각이 들게 됩니다. 분노의 원인 속으로 침착하게 걸어 들어가면 그와 나는 하나가 됩니다.

상대를 어떻게 받아들이느냐에 따라 행복과 불행의 판도가 갈라지는 것이죠. 분노의 대상을 어떻게 대하느냐에 따라 그의 태도가 달라집니다.

마찬가지로 상대의 눈에 우리 행동이 어떻게 보이느냐에 따라 상대의 태도가 결정됩니다. 사랑으로 가득할 때 타인과 하나를 이룰 수 있게 됩니다.

의식수준이 높으면 낮은 단계의 사람을 순화시킬 수 있습니다. 장점이 많은 사람이 단점이 많은 사람을 순화시킬 수 있습니다.

'부처님 말씀 속에 살라, 기도하라' 누누이 강조하는 이유는 부처님과 하나가 되는 노력을 통해 고차원으로 순화되기 때문입니다. 삶의 행복도가 그만큼 높아지기 때문입니다.

수행의 중요한 열매 중 하나가 바로
행복에 대한 감각을 정확하게 알게 되는 것입니다.

우리가 성공의 목표를 높게 잡고 더 많은 일을 이루기 위해 더 많은 능력을 배양하고 더 강한 체력을 단련하듯이 우리는 더 행복해지기 위해서 부처님과 더 자주 만나야 합니다.

이는 등산가들이 더 높은 산봉우리에 오르기 위해 꾸준히 체력을 강화시켜야하는 도리와 같습니다.

사고 수준을 높여야 합니다. 사고 수준이 높은 사람은 모두가 놀랄 만한 용기와 힘 그리고 강한 확신 속에 삽니다. 거목들과 어깨를 나란히 하려면 사고 수준을 높여야 합니다. 그래야 부처님과 만날 수 있습니다.

우리가 자기 자신은 물론이고 남에게 해줄 수 있는 가장 강력하고도 훌륭한 공헌은 사고 수준의 승화, 내적 강화입니다.

방글라데시나 부탄 같은 세계 최빈국의 국민이 오히려 행복지수가 높다는 보도가 있었습니다. 물질적으로는 가난하지만 마음이 풍요롭기 때문입니다.

참된 자유와 참된 평화는 내부에 있습니다. 참사랑은 요구하는 것이 없습니다. 진정한 사랑은 상대로부터 요구하는 것이 없을 때만 지속 가능합니다.

수준 높은 내적의식을 스스로 인지하는 가운데 참된 행복이 열립니다. 행복을 어찌 돈으로만 따질 수 있겠습니까.

우리의 생각은 몸과 두뇌에서 스스로 만들어지는 것이 아니라 우주의 편만한 마음과 부처님으로부터 나옵니다.

수행을 통해 의식을 고차원적으로 높이면 한없는 행복의 주파수로 가득하게 됩니다.

그 마음 가운데 부처님의 무량가피가 함께 하시는 것 아니겠습니까.

나를 감시하는 나

욕심나는 물건이나 매력적인 사람을 보면 우리는 넋을 잃습니다. 판매자는 구매자의 혼을 빼려고 미모의 배우를 모델로 내세우고 꽃미남을 앞세웁니다. 이들의 현란한 유혹에 넋이 빠진 사람은 어른 아이 할 것 없이 제 호주머니에서 돈이 술술 빠져나가는지도 모르죠.

백화점 명품관에 가면 사람들은 눈이 벌게져서 마냥 카드를 긁어댑니다. 물질에 혼을 빼앗긴 사람은 주인 떠난 빈집처럼 도둑이 모든 것을 집어가도 막을 도리가 없습니다.

이처럼 넘실대는 온갖 물질적 욕망에 넋을 빼놓은 채 살아가기에 자기 상실의 시대라고 부르는 건가요?

부처님도 우리의 몸뚱이가 안이비설신의(眼耳鼻舌身意)의 여섯 도둑을 이기지 못해 끝없는 죄를 짓는다고 경계 했습니다.

사람들은 도둑이 담장 밖에 있는 줄 압니다만 도둑은 내 안에 있습니다. 내 안의 도둑이 내 집과 내 지갑을 털어가는 것입니다.

수행은 잃어버린 나를 찾는 길이요, '욕망의 나', '도둑의 나'로부터 나를 보호하는 비법이요, 그 힘을 끊임없이 강화시키는 작업입니다. 경전에서 말하는 법에 귀의하고 자신에 귀의한다는 말은 '부처님의 나'로 하여금 '욕망의 나'를 저지시키기 위한 방책이라는 말입니다.

견성(見性), 간화선(看話禪), 지관(止觀) 또는 위파사나(Vipassana)와 같은 수행은 하나같이 자기를 감시하고 지켜보는 정성스러운 작업입니다.

어리석은 무명중생은 욕망에 쉽게 빠져들지만 참다운 구도자는 자신의 욕망을 점검하고 감시하여 이를 몰아냅니다. 부처님의 위대한 구도자들은 자기와의 처절한 싸움에서 욕망을 이겨낸 승리자들입니다.

우리는 왜 성자들의 삶에 고개를 숙이는가요?

'욕망의 나'와 싸워 이기려는 자는 모든 것을 내던지는 수밖에 없습니다. 그들은 자기와의 처절한 싸움에서 살아남은 자들이며 오직 진리의 길 가운데 자신의 모든 것을 내던지고 진정한 강자의 길을 선택했기 때문입니다.

인간의 한계를 뛰어넘는 진정한 구도자의 삶은 욕망과 번뇌로 얼룩진 우리의 삶을 되돌아보게 합니다. 이런 위대한 구도자의 삶을 배우고자 한다면 과연 무엇이 그들을 강하게 단련시켰는지 면밀히 살펴봐야 합니다.

진실로 깊은 성찰이 있어야만 합니다. 오늘날 우리는 진실로 인생의 참된 의미를 가르쳐주는 정신적 멘토가 드물다고 한탄하기도 합니다. 우리 가운데 욕망을 극복하며 참 수행자의 길을 걷는 사람이 드문 탓이자 참다운 구도자의 삶을 살아가려는 사람이 많지 않기 때문입니다.

자신이 그 길을 스스로 걸어본 사람만이 욕망에서 벗어난 진정한 강자로서의 삶을 입에 담을 수 있을 것입니다. 도(道)의 진정한 수행을 제대로 이행해 본 사람만이 이런 길을 제시해 줄 수 있는 것이죠. 또한 자신과의 투철한 싸움을 이겨낸 자, 도의 길을 걸어본 자만이 이 세상을 아름다운 부처님 나라로 인도할 수 있습니다.

고통에 허덕이는 동시대인들은 물론이고 미래의 우리 후손을 위해서 우리는 정열적인 구도자의 삶을 살아야만 합니다.

진정한 구도자는 욕망의 나를 이기고 진정한 강자의 길을 선택합니다. 그가 바로 부처님 가피의 화신이라 말할 수 있습니다.

구도의 길, 수행자의 길은
진리를 위해
모든 욕망에서 벗어나는 것입니다.

'나는 정녕 참다운 구도자인가?' 이 질문에 다시 한번 진지하게 대답해 보시길 바랍니다.

구도의 길, 수행자의 길은 진리를 위해 모든 욕망에서 벗어나는 것입니다.

구체적으로 수행자의 길은 어떤 것인지 아래에 정리해 봤습니다.

수행자의 첫 번째 단계는 자신의 욕망과 번뇌를 끊어내는 단계입니다. 성문(聲聞), 연각(緣覺)의 단계라고나 할까요? 그들에게 대비심을 요구할 수는 없습니다.

두 번째 단계는 나의 편안함을 넘어 모든 이들의 편안함을 도모하는 단계입니다. 대비심을 바탕으로 수행자의 용기가 발휘되는 것이죠. 보살의 단계라 할 것입니다.

세 번째 단계는 나와 남을 뛰어넘어 시공을 초월한 차원입니다. 대비심과 대지혜가 합치되고 궁극의 완성을 이루는 것입니다. 즉, 부처님의 단계라 할 수 있습니다. 이제 그들은 세상의 등불로 굳게 서게 됩니다. 우주 곳곳에서 무량한 중생을 부처님 세계로 이끄는 찬연한 태양이 된 것입니다.

구도자의 정열은 보살심으로 승화되는 단계를 거쳐 부처님으로 나아가는 것입니다.

따지고 보면 자신을 진정으로 사랑하지 않으면 모두를 위한 마음으로 승화될 수 없습니다.

부처님은 진정한 구도의 삶을 완성한 자에게 영원한 가피를 베푸는
인도자입니다.

우주의 플롯

가끔 부처님은 지금 무얼 하고 있을까 궁금할 때가 있습니다. 기도가 부처님과 하나 되는 성스러운 작업이라면 부처님은 지금 우리의 기도 가운데 있을 겁니다.

무슨 기도를 하고 있을까요?

무량중생의 번창과 번영 성불을 위한 기도일 것입니다.

부처님은 열반에 거한다고 합니다. 그러면 기도와 열반은 같은 건가요?

그렇습니다. 그 둘은 서로 맞닿아있습니다.

우리가 참 기도를 통해 참된 행복감을 느낄 수 있는 이유, 기도가 행복의 원천이 될 수밖에 없는 이유는 기도가 곧 열반의 문이기 때문입니다.

수증불이(修證不二)라는 말이 있습니다. 수행하는 자체가 부처님 마음과 하나이고 부처님과 하나라는 이야기입니다. 기도하는 마음 자체가 이미 부처님입니다.

우리는 기도를 통해 진리의 왕국에 들어가게 됩니다. 영원의 나라와 하나가 되는 것입니다. 기도의 힘은 진리의 힘이요, 진실의 힘이며, 부처님의 힘입니다. 기도 있는 곳에 부처님 힘이 있고 가피가 있고 용기가 있습니다.

기도가 없으면 수행의 힘이 약하기에 감정이 앞서고 자기 통제력이 약해집니다. 부정적 영혼들에 휘둘릴 수밖에 없습니다.

기도가 약하면 결국 악마에 질 수밖에 없습니다. 항상 기도 속에 살면 부처님은 물론이고 보살님, 신장님들, 저세상의 많은 영혼도 환희심을 발합니다.

이 우주에는 철두철미하게 짜인 플롯(Plot)이 있습니다. 모두가 부처님인데 잘못된 만남이 어떻게 가능할 수 있겠습니까.

협조자도, 적대자도 모두 소중한 영혼의 친구입니다. 우리는 인과응보의 장대한 드라마에 의해 철저한 계획을 세워놓고 태어났습니다.

아버지, 어머니와 만나는 게 어디 아무렇게나 되는 일인가요? 일만 겁의 인연으로 가능한 일입니다. 사람들을 만나고 헤어지는 게 적당히 이어지는 줄로 안다면 천만의 말씀입니다.

옷깃만 스쳐도 오백 겁 생의 인연이란 말의 의미를 이해하겠습니까? 그 누구든 상대는 항상 나의 성장의 텃밭입니다. 누구든 최고의 상대라 생각하십시오! 기도하는 마음으로 만나십시오. 때로는 양자 사이에 반드시 풀어야 할 거대한 시련이 예정되어 있기도 합니다. 그러나 그 모두가 공부요, 기도로 풀어가야 합니다.

인생은 영원히 지속되는 계획의 일부분입니다. 그러나 일부일 뿐인 삶이라고 해서 어찌 나름의 숭고한 의미가 없다고 보겠습니까. 설령 인생에 어떤 괴로움이 있다 하더라도 기도하는 마음으로 이겨내야 합니다. 그 모두가 자신이 지은 업보이기 때문입니다.

인간은 고난과 시련 속에 있을 때 성장을 위한 최대의 기회를 잡는다는 사실을 항상 잊지 말아야 합니다. 고통스럽고 어려운 삶이 계속될수록 어떠한 플롯 하에 나름대로 지니고 있음을 되새기며 이기심을 극복하고 통제하는 기도의 힘 속에 살아남아야 합니다.

결국 우리에게 주어진 인생은 끝없는 수업의 한 과정이고 혹은 패자부활전입니다.

수없는 반복의 삶을 거듭하는 과정 가운데 기도하는 마음으로 항상 사랑하고 용서하며 감사하는 마음으로 순종함을 배우는 도리 말고는

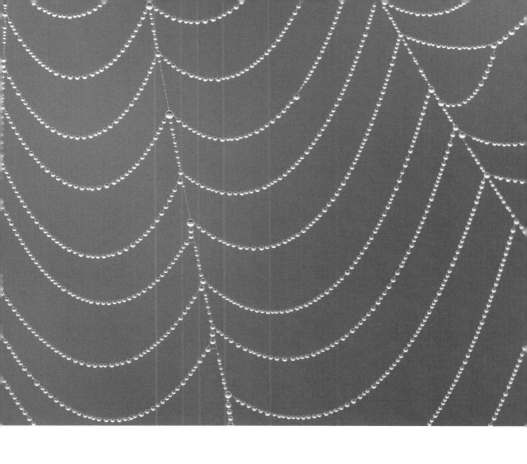

인생은 영원히 지속되는 계획의 일부분입니다.
이 우주에는 철두철미하게 짜인 플롯이 있습니다.

없습니다.

어떤 사람은 열심히 기도하고 어떤 사람은 그렇지 않겠지만 결코 조급하게 생각해서는 안 됩니다. 중요한 것은 언제나 인내와 기다림입니다. 대립은 결코 파괴가 아닙니다. 반드시 기도 가운데 해결될 것이며 자연스럽게 카타르시스를 수반하게 됩니다.

기도가 바로 열반입니다. 끝없는 고통 속의 환생은 수행을 위한 여행이며 우리는 그 가운데 기도와 사랑과 자비를 배워나가는 것입니다.

내가 받을 수 있는 기도 그리고 사랑과 선은 타인에게 베푼 기도와 사랑과 선에 비례합니다. 우리가 저승을 향할 때면 그때마다 항상 자신의 생에 대한 평가를 받습니다.

'그대는 세상에서 얼마나 열심히 기도했는가. 얼마나 수행했는가'

이 준엄한 평가 앞에서 무량한 부처님의 가피가 함께 하려면 기도와 수행만이 답입니다.

아플 때 웃는다

자신의 마음에 꼭 맞는 조건은 어디서건 만나기 어렵습니다.

시작도 하기 전에 조건이 좋고 나쁘고를 따지는 사람이 일을 효과적으로 해내겠습니까.

혜능 스님이 말씀한 '불사선 불사악(不思善 不思惡)'이라는 말은, 본성을 깨달았다면 선에도 악에도 치우침이 없다는 뜻입니다.

부처님은 선과 악, 좋은 것과 나쁜 것을 일일이 따지지 말고 몸과 마음을 던지는 헌신 가운데 우리와 함께 합니다.

아무리 거칠어도 부처님이 주는 것이요, 아무리 괴로워도 부처님이 예정한 일입니다. 이렇게 받아들이면 모두가 그저 감사할 일투성이입니다.

인생은 으레 그런 것이니 현실의 처절한 고통에 너무 괴로워 마십시오. 설령 고통의 진창을 구르더라도 가능한 한 감사의 삶을 사십시오. 고통도 결국은 순간에 지나지 않습니다.

모든 것에 두루 감사할 때 우리의 몸과 마음의 건강이 담보될 수 있습니다. 고통에 대한 감사함을 잊고 고통을 이기지 못할 때 몸과 마음은 해를 입습니다.

우리가 감사해야 할 일은 우리 주변에 너무나 많습니다. 생명력 그 자체인 부처님의 위신력이 우리의 조상님들을 통해 부모를 거쳐 나에게 흘러들었습니다. 그들 모두에게 감사하지 않는다면 도대체 누구에게 감사할 건가요? 모두에게 감사할 때 현실의 어려움은 눈 녹듯 사라집니다. 주변인 모두가 감사의 대상일진데 내 마음을 아프게 했다고 해서 가슴 아픈 말을 던지지 말고 감사함만 생각하고 웃음으로 이겨내십시오. 삶은 더욱 즐거워질 것입니다.

이 세상에 악은 없습니다. 고통도 없습니다. 다만 업이 있을 뿐입니다. 인생은 모두 업의 발현이요, 업의 소산입니다. 그러니 원한을 원한으로 갚는다고 해서 그 원한이 사라지는 것은 아닙니다.

우리는 지금 부처님 나라에 살고 있습니다. 항상 부처님과 함께 라는 사실, 그 하나를 잊지 않는다면 어떠한 고통도 결국은 지나갑니다.

부처님도 『금강경』에 이르길, "천대받고 모욕 받는 즐거움이여!"라고 말씀하지 않았습니까.

인생은 모두가 업장소멸의 길입니다. 좋고 나쁘고, 고통스럽고 아니고를 너무 따지지 마십시오. 잔잔한 바다는 탁월한 항해사를 키워 주지 않습니다. 무쇠는 용광로를 여러 번 거쳐야 견고한 강철이 됩니다. 아픈 만큼 성숙해지고 고통스러운 것만큼 성장합니다.

고통을 과감히 받아들일 때 앞날이 밝아집니다. 처음부터 좋고 나쁘고를 따지는 습관은 성공의 걸림돌이 될 뿐입니다. 그보다는 자신을 이기는 데서 즐거움을 찾아봅시다.

나를 아프게 하는 이에게 미소를 보이는 그 마음이 참 자비요, 참 사랑입니다. 끊임없이 나 자신을 이기고 활짝 웃어봅시다. 아픔을 이겨낸 만큼 사랑이 커집니다. 자비가 커집니다.

『금강경』에 '구경무아(究竟無我)'라는 말이 있습니다. 끝끝내 나라고 주장할 것이 이 세상에 없는 것을 무엇 하러 피곤하게 따지겠습니까.

업을 녹이려면 많이 웃어야 합니다. 부처가 되려면 많이 웃어야 합니다. 보살이 되려면 사랑과 자비가 있어야 합니다. 위대한 사랑을 얻으려면 더욱 크게 사랑하지 않으면 안 됩니다. 상대를 위해 나의 모든 것을 던지지 않으면 안 됩니다.

이기심을 수반하지 않는 사랑과 친절하고 관대한 사랑은 상대방을 묶는 가장 강력한 쇠밧줄입니다.

이런 사랑과 감사의 마음을 모든 이들에게 확대해 봅시다. 만물을 부처님으로 보라는 불교의 가르침을 실천합시다. 그것은 그들과 내가 하나임을 인식케 하는 동체대비의 배려입니다. 진정 부처님과 하나라는 사실을 자각하는 순간 그만큼 감사함을 느끼게 되고, 그 정도에 따라 번창합니다.

감사와 찬탄으로 부처님을 마음에 부르게 되면 언제라도 필요한 사랑의 메시지를 전달받습니다. 그것이 참 가피가 아니고 무엇이겠습니까.

고통을 과감히 받아들일 때
앞날이 밝아집니다.
처음부터 좋고 나쁘고를 따지는 습관은
성공의 걸림돌이 될 뿐입니다.

청정한 눈물 속에 비치는

우리는 매일매일 업을 쌓습니다. 단 하루라도 말과 생각, 행동을 하지 않고 사는 사람은 세상에 없습니다. 일상에서 내뱉는 말 한마디, 머릿속에 떠오르는 무분별한 생각, 무심코 저지른 행동 등이 모두 업입니다.

불교에서는 이를 삼업이라 합니다.

업에는 선업과 악업이 있습니다. 이타심에서 우러나온 것이냐, 이기심을 바탕으로 한 것이냐에 따라서 나뉩니다.

불행하게도 우리가 짓는 매일 매일의 업은 악업일 가능성이 큽니다. 성공과 경쟁을 위해서라면 이타심보다 이기심이 더 크게 작용하기 때문입니다. 우리는 선업보다 악업에 익숙한 삶을 살고 있습니다.

하루하루 살다 보면 자의반 타의반 삼업을 지으며 살고 어쩔 수 없이 이기심의 노예로 자신을 내몰곤 합니다.

이럴 때일수록 참회하는 삶이 무엇보다 일상의 근간이 되도록 해야 합니다.

불교에서 자주 쓰이는 이참사참(理懺事懺)이라는 말 역시 항상 참회하는 삶의 중요성을 강조하는 말입니다. 참회가 없는 곳에 어찌 청정이 있겠습니까.

참회를 하면 모든 것이 맑아집니다. 마음이 맑아집니다. 그리고 정신도 맑아집니다. 참회가 없는 삶은 오염에 찌든 삶입니다. 참회는 청정에 이르는 문이요, 청정은 진실에 맞닿아 있고 부처님과 맞닿아 있습니다.

자주 쓰는 화두 중에 '이 뭣고'라고 아실 겁니다. 여러 논란은 차치하고라도 이 역시 참회의 중요성을 드러내는 화두입니다.

참회의 일념은 근본적으로 흔들림이 없어야 하지만 넓은 의미에선 회광반조(回光返照)의 세계와도 통합니다.

'無'자를 보면 모든 번뇌와 망상이 다 녹는 것 같습니다. 허공의 텅 비움과 맞닿는 느낌이 듭니다. 공·무아 등의 가르침 역시 우리를 텅 비우게 만듭니다. 말만 다르지 모든 수행은 참회, 청정과 맞닿아 있습니다. 진리는 청정이기에 그 길 가운데 행복이 따릅니다. 영원성이 거기에 있습니다.

참회하십시오! 진실을 따르라 하는 이유는 진실의 길이 청정의 길이요, 그 길 가운데 내일이 있기 때문입니다.

내일을 원하는 자, 내일을 기약하는 자는 참회해야 합니다. 부처님의 가피를 원하는 자 역시 참회해야 합니다. 진실이 아닌 것은 항상 재앙을 부르고 자신과 남을 해합니다. 진실은 청정이요, 부처님 마음이기에 무한과 통하고 사랑과 자비 · 힘 · 용기와 통합니다.

기도는 진심으로의 참회요, 헌신적인 참회의 일환입니다. 기도하는 길을 통해 영원으로 나아갑니다. 참회기도를 올리는 가운데 부처님과 하나 되고 이기심과 독심이 깨집니다.

내 것은 없습니다. '내 것', '네 것' 하는 장벽을 깨면 영원의 문이 열립니다. 애착, 집착, 망상을 놓으십시오. 번뇌와 망상은 이 고통스러운 세상에 다시 오게 합니다. 죽음을 끝없이 반복해야 합니다.

죽음이 죄의 응보임을 아십니까? 끊임없이 번뇌로 망상으로 죄를 짓고 죽음으로 갚음을 하고 또 죄를 짓고 죽음으로 갚음을 합니다. 끝없는 반복, 고통스러운 윤회를 통해 우리는 울음 속에 눈물 속에 삶을 시작하고 끝맺습니다.

죽음을 이기지 못한 영혼들의 행로는 반복이며 윤회뿐입니다.

끊임없이 반복되는 생과 사이지만 우리의 영혼에 죽음은 없습니다. 영혼은 영구합니다. 죽지 않습니다. 육체는 끝없는 죄악 속에 살해되지만 영혼은 살해되지 않습니다. 죽음의 초극을 위해서라도 기도하고 참회를 멈추지 맙시다.

우리의 숙명은 죄에 대한 아픔 때문에 참회의 피눈물을 흘려야만 하는 것입니다. 그러면서도 영원을 향해 완전을 향해 힘겹게 걸어야만 하는 존재입니다.

참회하십시오! 결국 우리의 정신이 나아가야 할 영원한 터전은 저 허공입니다. 허공처럼 마음을 청정하게 비워보십시오. 무량가피가 함께 할 것입니다.

내일을 원하는 자,
내일을 기약하는 자는
참회해야 합니다.

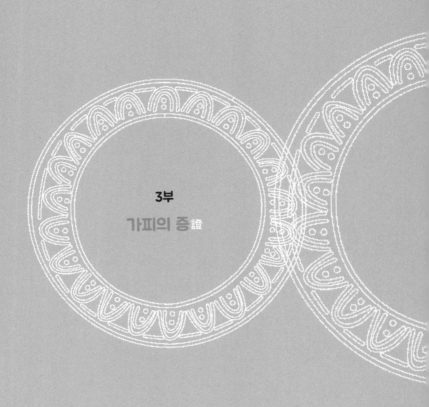

3부

가피의 證

한 걸음

그것이

가피다

그리고 당신이 바로
가피입니다

영혼의 불을 켜다

　부처님 가르침 가운데 '자등명 법등명(自燈明 法燈明)'이란 말이 있습니다. 스스로 마음의 등불을 밝히고 진리를 등불로 삼으라는 뜻입니다.

　『유마경(維摩經)』 또한 무진등(無盡燈)이라 하여 '만인의 마음속에 영원히 꺼지지 않을 등불을 밝혀야 한다'라고 적고 있습니다.

　불교는 무릇 빛의 종교이자 무량광(無量光)의 종교입니다. 깨달음이 곧 광명입니다.

　불교에서 중생을 무명이라 부르는 이유는 지혜가 부족하고 자비가 모자라는 존재이기 때문입니다. 마음은 닦을수록 빛이 납니다. 자꾸 닦고 때를 벗기면 결국 스스로 빛이 되어 세상을 밝히는 등불이 됩니다.

해인사에는 비로자나불(毘盧遮那佛)을 모신 대적광전(大寂光殿)이 있습니다.

비로자나불은 광명변조불(光明遍照佛), 법신광명불(法身光明佛)로 큰 태양이라고도 불립니다. 광활한 우주 허공을 적광토(寂光土)라 일컫는데, 여기서 적광토란 사바의 번뇌가 끊어진 자리이자 광명세계를 뜻합니다. 적(寂)은 해탈의 의미가 있고 광(光)은 반야의 뜻을 내포하니 우주 본연이 찬연한 해탈이자 광명입니다.

부처님의 말씀 하나하나가 찬연한 지혜광명의 세계이나 이런 부처님 나라의 광명을 전혀 깨닫지 못하는 이유는 무명중생의 혜안이 어두운 탓입니다.

사람은 겉모습만 봐서는 어떤 빛을 띠는지 알 수 없습니다. 스스로 갈고 닦은 만큼 빛을 발합니다. 각자 마음의 등불을 밝힌 정도에 따라 저마다의 빛이 다를 수밖에 없습니다.

불교에서는 영혼의 색깔이 그가 존재하는 세상이 어디냐에 따라 달라진다고 합니다. 지옥을 헤매는 영혼은 느티나무를 그을린 색깔이고, 축생의 영혼의 빛은 연기와 같고, 욕계 중생의 빛은 황색을 띤다고 합니다. 색계 영혼의 빛은 그보다 선명하고, 무색계는 허공과 같은 빛을 띱니다.

불보살과 신장들은 이런 중생의 마음의 빛깔을 감지하고 그들의 빛에 따라 가피를 펼칩니다. 영혼이 내는 빛을 보고 중생을 보살피는 것입니다.

우리는 종종 아우라(Aura)라는 말을 씁니다. 영혼의 광채 즉 마음이 발하는 빛의 촉수는 얼마나 부처님의 진리를 깨닫고 마음을 닦았는가에 달려있습니다.

30촉 전구, 100촉 전구처럼 광도에 따라 조명의 밝기가 다르듯이 불교에서는 사람 역시 영혼의 촉수가 제각각 다르다고 가르칩니다. 그를 수호하는 신장들의 급수 또한 다를 수밖에 없습니다.

얼마만큼의 수행을 쌓았습니까? 영혼은 얼마만큼의 광도를 지녔습니까?

자등명 법등명의 가르침을 깨우쳤다면 스스로 마음의 촉수를 밝혀야 할 것입니다.

부처님은 항상 "나는 이 땅을 광명의 세계로 만들러 왔다."고 말씀했습니다.

스스로 밝지 않으면 남을 밝게 할 수가 없습니다.

정진을 통해 자기 마음의 등불을 밝히지 않으면 나도 어둡고 주위도 온통 어둡게 만들 뿐입니다. 스스로 무진등(無盡燈)이 되어야만 모

스스로
마음의
등불을
밝히고,
自燈明

진리를
등불로
삼으라.
法燈明

두를 밝히고 세상을 광명으로 인도할 수 있습니다.

부처님의 가르침대로 수행과 정진을 통해 자기를 밝히지 않으면 어둠을 찾아 들어갈 수밖에 없습니다.

우리는 어둠을 밝히는 세상의 빛이 되어야 합니다. 그러기 위해서는 결전의 그날을 위해 평소 실전을 방불케 하는 훈련을 거듭하는 군인처럼 끊임없이 자신을 갈고닦아야 합니다.

부처님이 말씀한 평상심시도(平常心是道)란 이를 가리키는 말입니다. 평상시에 실력을 갈고닦은 사람이 유사시에 그 위력을 드러내듯이 오로지 정진을 거듭한 사람만이 위기의 순간 빛을 발합니다.

영혼의 광도를 높이는 일은 스스로 부처님이 되는 길이며 견성하는 길입니다.

법당은 영혼의 등불을 밝히는 곳입니다. 부처님 말씀을 배우고 익히며 기도하고 정진하는 그곳은 마음의 빛을 밝혀 스스로 광명이 되고 무량광으로 승화되는 현장이자 광명여래의 터전입니다.

세상 만물을 제대로 보고자 한다면 마음의 눈을 떠야 합니다. 마음의 광명이 밝지 못하면 사물을 제대로 인식할 수 없으니 끝없는 무명 가운데 죄를 짓게 되는 것입니다.

스스로 어둠을 몰아낼 수 없다면 영원히 죄악의 구렁에서 헤어날 길이 없습니다. 마음의 등불을 밝히는 순간 눈뜬장님에서 벗어나 크나큰 죄악을 짓는 어리석음을 면할 것입니다.

어둠을 두려워하지 않는 자, 어찌 세상을 밝힐 등불을 얻을 수 있겠습니까.

귀한 보석일수록 광채를 발하려면 제 살을 깎는 과정을 견뎌야 합니다. 지혜의 빛을 따르려는 자 역시 기도와 정진을 통해 진리와 법의 등불을 밝혀야 합니다.

허공은 가득하다

『관음경』은 열심히 기도하는 사람은 악귀의 눈에 보이지 않는다고 적고 있습니다. 악귀는 왜 기도하는 사람을 보지 못할까요?

차원이 달라서입니다. 열심히 기도하는 마음이 차원이 다른 세계를 만들기 때문입니다.

우리는 흔히 아우라가 풍긴다는 표현을 씁니다. 맨눈에는 보이지 않지만, 사람에게는 방탄막과도 같은 달걀모양의 층이 존재하는데 이 것이 바로 아우라입니다.

사람에게처럼 지구의 성층권에도 밴앨런대라는 거대한 자기장 띠가 둘러있습니다. 아우라나 밴앨런대는 사람과 지구를 보호하는 역할을 하고 있습니다.

간절히 기도할 때면 우리 마음 가운데 차원이 다른 또 하나의 층이

형성됩니다. 한마디의 말, 한 생각, 하나의 행동이 각각 차원이 달라지기 마련입니다.

의상대사가 천병들의 옹호를 받았던 것처럼 열심히 정진하는 사람 옆에는 감히 악귀들이 접근하지 못합니다.

기도에 치성을 드려야 한다는 『관음경』의 가르침 역시 같은 맥락으로 해석해야 할 것입니다. 기도를 게을리하고 제멋대로 나쁜 행동을 일삼으면 악귀가 달라붙거나 부정적인 영혼이 잉태될 우려가 있기 때문입니다.

요즘 사람들은 기도의 중요성을 간과하고 함부로 행동하기에 갖가지 사회적 영적 문제를 야기합니다. 건강하지 못하고 부정적인 사람이 점차 늘어가는 것도 이런 연유에서 비롯된 것입니다.

허공은 부처님의 몸이요, 마음입니다. 어디에나 존재하는 부처님은 모든 것을 보고 듣고 알고 있습니다.

부처님의 가르침에 의하면 이 땅의 일월성신과 풍운우로상설이 모두 하나의 기운이고 법에 따른 이치입니다. 정녕 무엇 하나 영험하지 않은 바가 없습니다. 심지어 천문기상조차 부처님과 인간의 마음을 벗어난 것이 하나도 없습니다.

우리가 무심코 내뱉는 가시 돋친 말 한마디, 허튼 생각, 경솔한 행동이 업인(業因)이 되어 허공법계에 심어지며 이것은 제각기 선악의 인연이 지은 대로 과보가 드러나기에 하늘도 땅도 사람도 결코 속일 도리가 없습니다.

허공과 우주는 인간의 삶과 별개인 저 먼 안드로메다에 있는 것이 아니라 우리의 마음과 긴밀하게 연결된 법계의 영역입니다. 일상의 모든 일거수일투족의 상황이 우주법계에 입력되어 과거, 현재, 미래가 일관되게 전개된다고 보는 것입니다.

이처럼 허공법계에는 무한한 윤회를 거치며 우리가 마음속에 품었던 선하고 악한 생각들과 몸으로 행했던 선하고 악한 행위가 고스란히 심겨 있습니다.

이렇게 저장된 업보의 열매는 우리의 현재와 미래에 한 치의 누락도 없이 고스란히 거두게 됩니다. 머릿속에 홀연히 떠오르는 생각은 모두 마음의 업인을 따른 것으로 삶의 행로를 좌우합니다. 좋은 아이디어가 생각났다든지 위대한 영감이 떠올랐을 때 사람들은 이를 우연으로 여기지만 이런 상념들은 밭에 씨를 뿌리고 열매를 거두는 것처럼 필연적인 결과입니다.

전광석화처럼 떠올라 홀연히 사라지는 것 같지만 이런 생각들은 사람을 하늘로 치솟게 만들기도 하고 반대로 나락의 구렁텅이로 밀어 넣기도 합니다.

가시 돋친 말, 허튼 생각, 경솔한 행동은
업인(業因)이 되어 허공법계에 새겨집니다.

한 생각〔一念〕은 하나같이 인연과 업보에 기인한 필연의 열매이며 단지 우연을 가장할 뿐입니다.

생각이 곧 운명이라는 말이 있습니다. 말과 생각과 행동은 모두 허공과 연결되고 식(識)과 연결되어 전개됩니다.

'기도하고, 정진하는 마음으로 살면 일체의 세간, 천인, 아수라들이 모두 공양을 한다'라는 부처님의 가르침을 받들어 이를 실천한다면 어느새 부처님이 옆에 와 있을 것입니다.

허공은 진정 부처님의 몸과 마음입니다. 부처님은 모든 것을 보고 듣고 알고 있습니다. 이 모든 것은 허공에 새겨집니다.

업인에 따라 과보가 주어지듯 인연과 업보에 따라 운명이 전개됩니다. 운의 참뜻을 알고자 하는 사람은 우선 허공의 의미부터 진지하게 생각해 봐야 하며 수행의 참된 의미를 깨달아야 합니다.

마지막으로 명심해야만 할 것은 부처님은 무량가피이기에 정진을 통해 이기심의 욕망을 벗겨낸 자리에 항상 우리와 함께한다는 사실입니다.

우주 진화의 비밀

카르마의 법칙을 아십니까? 업의 법칙으로도 명명되는데, 이와 같은 인과율의 의미를 진지하게 생각해 보면 삶의 목적성을 이해하는 데 도움이 됩니다.

쉽게 말하면, 전생에 다른 사람의 눈을 멀게 했다면 현생에선 시각장애인으로 태어난다거나, 전생에 지나치게 과식하는 습관이 있었던 사람은 현생에선 소화기관이 허약하게 태어난다는 이야기입니다. 또 전생에 남의 간절한 도움을 외면한 사람은 현생에서 청각장애인이 된다고 합니다. 따지고 보면 자업자득인 셈입니다.

육체적 비정상이 전생에 지은 악업의 소산인 경우가 대부분이며 정신적 이상은 대체로 아직 환생하지 않은 영혼들 때문입니다.

이런 업의 법칙이 상징하는 것은 무엇일까요?

불교에서는 부처님의 뜻에 따라 타인과 세상을 위해 봉사하면 영원성을 보장받을 수 있다고 말합니다. 반면에 타인의 행복을 해치는 행위에 대해서는 가차 없는 응징이 가해진다는 사실을 명시하고 있습니다. 일종의 응보입니다.

금생에 짓는 모든 말과 생각과 행동은 반드시 그에 상응하는 대가를 치르게 되어 있습니다. 타인을 비웃고 비방한 사람은 정신적 육체적 고통을 받게 되고, 친구에 대한 불신감을 가졌던 사람은 남에게 불신을 당하거나 심한 고독감, 소외감 등을 느끼게 됩니다.

카르마의 법칙은 일종의 작용·반작용의 인과적 법칙에 해당한다고 볼 수 있습니다. 부처님의 무량 가피 속에서 살아가려면 이를 제대로 이해할 필요가 있습니다.

매일매일 반복되는 일상의 삶 가운데 존재하는 우주적 목적을 우리는 얼마나 인지하고 있습니까?

사실 인간의 본질, 우주의 목적성이라는 거창한 의미는 이정표 없이 흘러가는 우리의 삶과 너무 큰 괴리감이 느껴집니다.

우주는 철저한 목적성의 세계라 할 수 있습니다. 끊임없이 환생을 거듭하며 더 나은 존재로 진화해 가는 과정에 있으며 그 가운데 삶의 고통은 불가피한 요소입니다.

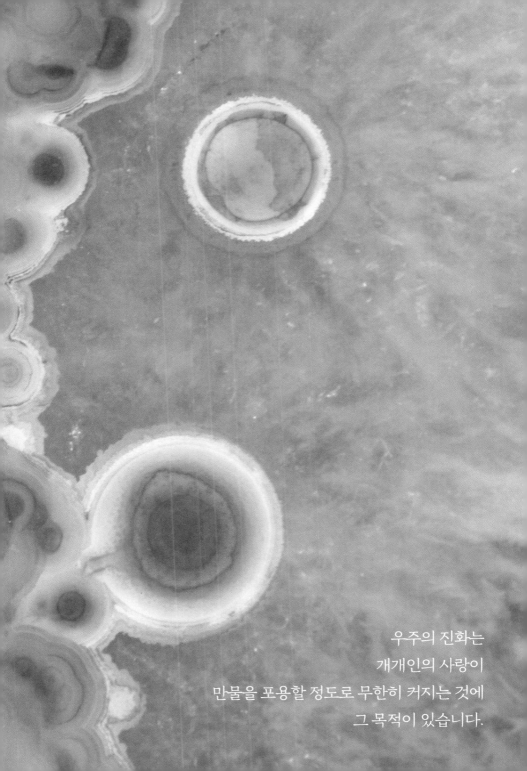

우주의 진화는
개개인의 사랑이
만물을 포용할 정도로 무한히 커지는 것에
그 목적이 있습니다.

고통은 병든 영혼을 치료하는 묘약입니다. 병든 영혼이란 이기적이고 균형을 잃은 영혼입니다.

부처님 법은 대상을 가리지 않으며 사랑의 아름다운 성취를 목표로 삼습니다. 사랑은 별개인 두 개의 생명체를 하나로 이어주는 가교 역할을 합니다. 한 생애를 마칠 때까지 아름다운 관계를 맺었던 영혼들은 다음 생애에서도 아름다운 관계로 다시 만나게 됩니다. 사랑으로 돈독해진 관계는 다음 생애도 사랑으로 맺어집니다.

반면에 증오의 뿌리가 깊은 관계일 경우라면 반드시 극복되어야 합니다. 빚이 있다면 그 빚 역시 깨끗이 청산되어야 합니다. 인생은 천변만화하는 만화경의 특정한 단면일 뿐이며 각각의 상황에 처한 일군의 영혼들은 이런 흥미진진한 무대 위에서 상호 관계를 구성하는 배역에 불과합니다.

카르마의 법칙은 상대방에 대한 나의 태도가 의외의 카르마를 유발할 수 있음을 환기시킵니다.

남에게 심판받지 않으려면 남을 심판하지 않을 것을 강조합니다.

누군가에게 품었던 사랑의 감정도 세월의 폭압 앞에서는 퇴색될 수 있기에 항상 상대방을 조심스럽게 다루어야 한다고 가르칩니다.

애정이 초심을 잃어버릴 경우 급속도로 냉각되는 사례는 비일비재

합니다. 어리석은 사람은 증오심에 불타는 삶에 바탕을 두면서도 머리로는 보편적 사랑의 아름다움과 지혜를 갈망합니다. 이처럼 끝없이 지속하는 삶 가운데 우리는 모든 대상을 진실로 사랑하는 법을 배우게 됩니다. 열이면 열, 백이면 백의 대상은 각각의 아름다움을 지녔습니다. 이들에 대한 사랑은 결국 지고한 아름다움으로 승화됩니다.

우주의 진화는 개개인의 사랑이 만물을 포용할 정도로 무한히 커지는 것에 그 목적이 있습니다.

좌절과 고통, 사랑의 상실로 점철된 우리의 삶은 이런 우주적 사랑으로의 성장이라는 원대한 목표를 달성하기 위한 업의 법칙에 호응하는 흐름입니다.

우리와 비슷한 처지에 놓여 고통 받는 모든 사람을 향해 사랑이 흐르도록 물꼬를 터줍시다.

고통에 허덕이는 이들을 위해 더욱 실질적이고 봉사적인 삶을 사는 것, 그것이야말로 카르마의 법칙에 순응하는 삶입니다.

꿈이 말하는 것

불교는 꿈과 긴밀한 연관성이 있습니다. 불교를 꿈과 더불어 잉태된 종교라 해도 지나친 말은 아닐 것입니다.

도대체 꿈은 뭘까요? 꿈은 왜 꾸는 걸까요? 꿈이 알려주는 비밀은 뭘까요?

분명한 것은 부처님의 가피 속에서 꿈은 부처님의 뜻이 임하는 방법이라는 것입니다. 간혹 미래의 뜻을 보여주기도 합니다. 꿈은 알아갈수록 참으로 심오하고 신비롭습니다.

종교학에서는 원시 종교의 시작을 꿈에서 비롯한 것으로 보기도 합니다. 원시인들이 꿈속에서 죽은 이와 만나는 경험을 했다든지, 전혀다른 차원의 존재들과 조우하는 꿈을 꿨다든지 하는 과정에서 어떤 종교적인 심성이 일깨워지면서 발원한 것으로 보고 있는 것이죠.

불교뿐만 아니라 다른 종교에서도 꿈 이야기는 무척 많이 나옵니다. 종교 전반을 꿈 이야기가 뒤덮고 있는 것처럼 느껴지기도 합니다.

학문적으로는 꿈을 어떻게 이야기하고 있을까요?

20세기 초 꿈을 과학적으로 설명하려는 시도들이 나타납니다. 그들 중 큰 이름을 얻은 학자가 있는데 바로, 프로이트와 융입니다.

프로이트는 『꿈의 해석』이라는 책으로 유명한데, 인간의 무의식이 발현하는 통로가 꿈이라고 말합니다. 사람이 무의식에 담고 있는 여러 문제를 드러내는 방식을 꿈이라고 본 것이죠. 그의 제자 융은 다른 방향에서 꿈을 연구합니다. 융은 세계 여러 민족의 무의식과 꿈을 연구하여, 세계 모든 문화에 문화의 유전자인 '원형(原型)'이 존재함을 주장합니다.

이를 다시 '집합적 무의식(Collective subconsciousness)'이라는 말로 설명을 하는데, 이는 전 세계 모든 사람의 무의식은 연결이 되어 있다는 주장입니다.

자세히 들여다보면, 우리는 이 이야기가 불교 연기론의 인드라망(Indra-網)과 밀접하게 맞닿아 있음을 알게 됩니다.

융이 말하는 집합적 무의식은 바로 꿈의 인드라망을 일컫는 것입니다. 과학에서는 그것을 무의식으로 이야기하지만 우리는 그곳에 부처님의 마음이 거하고 있음을 알고 있습니다. 우리가 꿈을 통해 부처님의 가피 속에서 미래를 보게 되는 원리가 여기에 있다고 생각합니다.

불교와 꿈 이야기를 좀 더 이어가 보도록 하겠습니다. 한마디로 불교는 꿈과 더불어 시작했다 할 수 있습니다.

마야부인의 흰 코끼리 꿈이 없었다면 과연 불교가 성립될 수 있었을까요? 일연 스님의 삼국유사를 읽었다면, '조신의 꿈'과 같은 꿈과 관계된 설화가 많이 실려 있다는 걸 발견하였을 것입니다. 일연 스님은 왜 꿈 이야기를 그렇게 여러 차례 언급했을까요?

도대체 우리의 삶은 꿈과 어떤 관계이기에 불교에서 이토록 꿈 이야기가 많이 등장하는 걸까요?

반야심경에 '원리전도몽상(遠離顚倒夢想)'이라는 말이 나옵니다. 꿈을 터부시하는 말이죠. 그런데 자세히 살펴보면, 이는 '원리(遠離)'가 뒤바뀐 허망한 꿈에 대한 경각심을 말하는 것임을 알 수 있습니다.

꿈 자체를 터부시하는 건 아니라는 말입니다. 속된 말로 개꿈도 있기 마련이니까요.

부처님의 가피에서도 꿈은 중요한 맥락 위에 놓여있음을 알게 됩니다.

꿈속에는
영원을 관통하는 세계가 있습니다.

부처님은 현전가피(現前加被), 명훈가피(冥熏加被), 몽중가피(夢中加被)라 해서 꿈을 중요하게 거론하고, 특히 예지적 기능을 중시하며 말씀하죠.

실제 우리의 삶 가운데는 선몽(先夢) 또는 현몽(現夢)이라 해서 미래를 미리 보는 꿈을 이야기하는 분들이 적지 않습니다. 꿈이 꼭 맞는다고 하는 분들도 있고요.

꿈에 대한 과학적인 연구가 성과를 얻든, 또 다른 누가 뭐라고 하든, 꿈을 통해 '영원'과 만난다든가 다른 차원과 만나는 통로가 있다는 사실만은 부정하려야 부정할 도리가 없습니다.

분명 꿈속에는 영원을 관통하는 세계가 있습니다. 이를 불교를 통해 살펴보면 유식학과 더불어 꿈의 심층 세계가 열리는 체험을 하게 됩니다.

짧은 지면에서 꿈에 대한 모든 맥락을 일일이 늘어놓을 순 없습니다. 제가 체험한 몇 가지 경험을 전하는 것으로 꿈의 진리에 대해 말해 보려 합니다.

참선만 하고 살던 사람이 대중들을 상대로 치열하게 기도하라 강조하다 보니, 선에서는 금기시하는 측면도 있으나, 참으로 신묘한 꿈의 경계를 체험하게 되었습니다.

이 체험은 천수경 첫머리에 나오는 '오방내외안위제신진언(五方內外安慰諸神眞言)' 등등 보이지 않는 세계의 거룩함에 대해 예경을 해야만 하는 이유를 분명히 깨닫게 해 주었습니다.

진실로 전혀 예측하지 않았는데도 불구하고, 미래를 선명히 보게 되는 경우를 참으로 많이 체험했습니다.

능인선원의 현재 자리를 꿈속에서 선명히 보았습니다. 건축설계사를 선정하지 않았는데도 미래의 법당 설계도를 미리 보기도 했습니다.

이렇듯 꿈속에서 열렸던 미래 비전은 도무지 뭐라고 표현할 수 없는 부처님 세계에 대한 신심을 굳게 다지게 했습니다.

간혹 자신이 꾼 꿈을 손에 들고 이러지도 저러지도 못하는 분들의 이야기를 듣습니다.

부처님의 몽중가피라 여기고 그 꿈을 믿기 바랍니다. 미래가 어떻게 열리는지 마음속으로 천천히 살펴보시기 바랍니다. 그리고 기도하시기 바랍니다.

항상 기도를 강조하는 이유 역시, 꿈의 경험에서 보게 된 바와 같이, 항상 부처님과 더불어 살고 있음을 확신하기 때문입니다. 경이로운 일들의 연속 속에서 살고 있기에 더욱더 그러하다는 사실을 강력히 강조하고 싶습니다.

무언가 바라는 기도가 아니더라도 원력을 세워 열심히 정진하다 보면 내 마음을 나보다 더 잘 아는 부처님이기에 분명 기도에 응답이 있고 가피가 있다는 사실을 꼭 말씀드리고 싶습니다.

한 생각의 운명

불교는 '한 생각[一念]'의 중요성을 강조합니다. 한 생각을 깨달으면 그 자리가 부처님이며, 한 생각이 어두우면 그 자리가 바로 중생이라 가르칩니다.

지옥 또한 다른 먼 곳에 있지 않습니다. 한 생각을 함부로 쓰면 바로 그 자리가 지옥이 됩니다.

인터넷 기사에 달린 댓글 한 줄이 인명을 좌우하고 말 한마디가 세상을 지옥과 극락으로 나누듯이 한 생각도 마찬가지입니다. 세 치 혀를 되는대로 놀리다가는 재앙을 부르는 것처럼 생각도 함부로 해서는 큰 화를 부르게 됩니다.

아무 생각이나 함부로 하지 말라는 불교의 가르침은 마음대로 지어

낸 한 생각이 제멋대로의 운명을 가져오기 때문입니다. 어리석은 한 생각은 허공계에 가득한 온갖 보이지 않는 부정적 존재들과 어떤 형태로든 연결됩니다. 보이는 존재와 보이지 않는 존재들이 한 생각으로 상호 연결됩니다. 머릿속의 생각이라지만 내 것이 읽히기도 하고 남의 것을 읽을 수도 있기에 더욱 그러합니다.

선사들의 선문답인 법거량(法擧量) 역시 이런 가르침을 재차 강조하고 있습니다. 우리가 보기엔 텅 빈 것 같지만 허공은 보이지 않는 존재들로 꽉 차 있습니다. 부처님은 허공을 영혼들의 바다, 식(識)의 바다라고 했습니다. 그들은 생각과 마음으로 우리와 연결되어 있습니다.

『구사론(俱舍論)』에 등장하는 구근문(具根門)을 보면 영혼들 역시 안이비설신의의 감각기관을 갖추고 있다고 합니다.

사람이 죽으면 육신이 부패하여 소멸하지만 제6식과 제7식인 말나식은 소멸하지 않고 제8식인 알라야식에 합류하게 된다고 유식학은 가르치고 있습니다.

알라야식은 개인적 생명의 근본유(根本有)로 무한한 과거로부터 영원의 미래를 향해 끝없이 흘러오고 흘러가는 당체(當體)입니다.

제8식에 잠복된 제6식과 제7식 말나식은 다시 태어나면 전생을 바탕으로 활동을 재개합니다. 근본유로서의 제8식은 제6식, 제7식에 관

한 순간도
방심하지 않고
자신의
한 생각을
다스려야 합니다.

계없이 죽어도 소멸하는 법이 없으므로 항행식(恒行識)이라 부르기도 합니다.

알라야식인 제8식은 우주 대생명 그 자체와 하나가 되어 있으면서도 객체 생명과 융합되는 존재입니다. 이른바 공의 상태라 부르기도 합니다.

불교의 중유(中有), 식(識), 근본유(根本有) 등은 공과 통하는 의미로 현대 심층심리학에서 말하는 의식, 무의식의 분석을 능가하는 세계라 할 수 있습니다.

이런 연유로 불교 심리학을 프로이트의 현대 정신분석학과 견주어 비교하는 사람이 있습니다.

정신분석학은 개인을 지배하고 있는 사회적, 문화적, 무의식적 억압이 인간의 진실한 현실 생활을 방해하는 요소로 작용한다는 점에 주목합니다. 정신분석학은 심리 분석을 통해 인간의 정신적 치료를 돕는 것에 그 의미가 있습니다.

프로이트는 억압된 무의식적 충동의 지배를 받는 인간은 왜곡된 실상을 볼 수밖에 없다는 사실을 발견했습니다.

인간의 실상은 잠재의식에 의해 왜곡되어 있기에 이런 사실을 인지하고 우리의 의식을 지배하고 있는 무의식적 힘으로부터 벗어나고자 하는 프로이트의 심리학은 나름대로 큰 의미를 지니고 있습니다.

에리히 프롬은 프로이트의 연구는 단순히 병을 치료하는 개념을 초월했으며 정신병 환자를 위한 치료법만이 아니라 인간 구제에 더욱 큰 초점을 맞추고 있다고 설명합니다.

프로이트의 정신분석체계에는 수많은 불교적 의미가 담겨있습니다. 무지에 의한 아집, 갈애(渴愛)등에서 인간을 해방하는 것이 불교의 목적임을 감안하고 보면 이 둘 사이에 일정 정도의 유사점이 존재함을 발견하게 됩니다.

결국 해탈의 길이란 유식에서 말하는 말나식, 알라야식 등으로부터의 해방을 의미한다고 볼 때 해탈로 이르는 과정은 가시덤불과도 같은 무량한 식(識)들의 세계를 극복하는 여정입니다.

보이지 않는 허공계에 가득 차 있는 갖가지 식들의 세계와 연결된 중생의 삶에서 해탈하려면 끝없는 수행을 통해 생각을 다스려야 합니다.

한 순간도 방심하지 않고 자신의 한 생각을 다스리는 수행의 길은 부처님의 무량한 가피가 함께 하는 행로입니다.

본향으로 가는 길

　우리 마음에는 방랑자의 심리가 있습니다. 누구나 어디론가 훌쩍 멀리 떠나고픈 마음이 있습니다. 쳇바퀴 돌 듯 반복되는 일상의 굴레를 벗어나 낯선 비일상의 경험에 대한 동경을 품고 있습니다. 사람의 내면에는 알 수 없는 미지의 세계에 대한 그리움이 항상 잠재되어 있습니다.

　바로 지금, 여기가 아닌 다른 어딘가를 동경하는 마음, 영원한 노스탤지어는 우리 인간의 숙명입니다.

　『법화경』에도 '우주의 무량중생은 모두 한없이 떠돌고 있다'라고 적고 있습니다.

　인간은 무량한 삼천대천세계(三千大千世界)를 떠돌며 마치 여인숙처럼 이 별, 저 별을 넘나들고 있다는 뜻입니다. 지옥, 아귀, 축생, 아수라, 인간, 천상의 삼계육도가 바로 중생의 여인숙입니다.

　우리의 인생은 각자가 지은바 업에 따라 잠시 머물다가 다시 어딘가를 향해 끊임없이 떠도는 방랑자의 행로를 닮았습니다. 어느 한 자리에도 오래 머물 수 없으니 항구적인 주거지가 따로 있을 리 만무합니다. 그러니 집착하거나 애착을 갖는 것 자체가 어리석은 짓입니다.

　한 조각의 구름처럼 생겨나서 허공을 떠돌다 흩어지는 것이 인생입니다.

　우주의 삼라만상은 한 순간도 쉬지 않고 분주히 움직입니다. 도대체 모두 어디를 향해서 떠도는 것일까요?

　프랑스의 한 철학자는 이렇게 말했습니다.

　"5분간 걸어보라. 10분간 걸어보라. 모든 장면이 계속 뒤로 물리고 끝없이 장면이 바뀌지 않는가. 새로운 장면이 계속 열리지 않는가. 계속 가라. 그곳에 새로움이 있다. 버리며 가라. 계속 가라."

　이른바 걷기의 미학입니다.

　중국의 곽암 선사(廓庵 禪師)는 견성을 하는 과정을 그린 십우도(十牛圖)에서 소를 찾아 떠났다가 소의 흔적을 만나고, 소를 찾아 되돌아

우리의 인생은
잠시 머물다가
다시 어딘가를 향해 끊임없이 떠도는
방랑자의 행로를 닮았습니다.

오는 목동의 이야기를 다루었습니다.

중생의 삶이란 어쩌면 소를 찾아 헤매는 목동처럼 새로운 세계를 향한 그리움을 가슴에 품고 떠도는 방랑자들인지도 모릅니다.

부처님 말씀대로 우리는 물처럼 흘러 결국 바다로 갑니다. 산과 길, 대지 위에 떨어진 빗방울이 흐르고 흘러 먼바다를 향해가듯 잠시 잠깐 머물 수는 있지만 결국은 종착지를 향해갑니다. 오늘은 이곳, 내일은 저곳 업장에 따라 기약 없이 머물 뿐 정처 없이 흐릅니다.

때로는 가족이란 이름으로 때로는 나라와 민족이란 이름으로 화합하는 찰나의 순간이 없지는 않습니다.

"중생은 언제나 계(界)와 함께하고 계와 화합하느니라. 훌륭한 마음이 생길 때 훌륭한 계와 함께하고, 탁한 마음이 생길 때 탁한 계와 함께한다. 계는 물과 기름이 한데 섞이지 않는 것처럼 고유하다. 그러므로 비구들이여, 갖가지 계를 잘 분별해 나가야 하느니라."

이 말에 굳이 덧붙이자면 삼계육도를 헤매는 중생은 각자의 업장에 따라 각자의 계에 머물다 감을 뜻합니다.

사람의 마음 가운데 샘솟는 그리움의 원천은 고향을 떠나온 자의 향수입니다. 아버지의 집을 떠나와 고향을 그리워하는 자들의 마음과 다를 것이 없습니다.

이 땅의 중생은 여섯 가지의 바라밀 수행을 토대로 자신이 닦은 길을 따르게 됩니다. 불교를 행의 종교라 칭하는 이유는 끝없이 가야만 하는 종교요, 걷는 종교요, 쉼 없는 정진의 종교이기에 그렇습니다.

영원한 나그네에게 고정된 쉼터가 있을 리 만무합니다. 천상무아, 그 자체이므로 끝내 영원의 바다에서 하나로 합쳐집니다. 모두 끊임없이 변해나가는데 따로 '나'를 찾을 수는 없습니다. 나를 주장하는 인간은 무명을 벗어날 수 없으며 나를 내세우는 것은 불행의 시초입니다. 어디엔가 잠시 머물고자 하는 마음은 방랑길 위의 나그네가 일신의 피로를 달래고자 하는 것뿐입니다.

죽음도 일시 정지에 지나지 않고 쉼 없이 흘러가야만 하는 것이 우리의 숙명이고 가피입니다. 스스로에게 나는 지금 어디로 가고 있는지를 항상 묻고, 무엇이 그리워 걷고 있는가 생각하며 걸어야 합니다.

내딛는 걸음은 오로지 부처님을 향해 나아가는 길이고, 영원과 하나 되는 길임을 잊지 맙시다. 비록 한 걸음일망정 영원의 바다로 가는 길임을 분명히 인지하는 가운데 그 길에서 하나가 되어 만난다는 사실을 명심하십시오.

우리 모두는 영원의 방랑자이며 부처님을 따라 걷는 구도자일 뿐 너와 내가 따로 존재할 수 없습니다.

가슴에 품은 동경과 그리움은 부처님의 가피요, 언젠가 하나로 만나게 하는 원동력입니다.

에고이즘으로부터의 해방

'기도를 하면 업장소멸이 가능한가?'라는 질문을 종종 접합니다. 불교에서 기도는 업장소멸이자 선근(善根)의 증장입니다.

이 질문에 답하기에 앞서 유식(唯識)에 관해 잠시 설명하겠습니다.

우리의 마음속에는 개체의 모든 생물학적 정보가 저장된 알라야식이 있습니다. 제8식에 해당하는 이것은 개체의 개성, 인격, 성격 등을 결정짓는 원천입니다.

말나식은 이 알라야식을 의지처로 삼아 생에 대한 강한 집착, 생존의 기쁨, 죽음의 혐오, 불로불사의 소망, 자신의 영원불변을 추구합니다. 말나식은 자신을 영원불변한 것으로 착각하므로 기만의 주범이라 할 수 있습니다.

말나식과 알라야식은 한 몸으로 개체성을 지지하는 것은 알라야식이고 지지를 받는 것은 말나식입니다. 이 두 개의 의식 속에는 과거의 선험적 모든 체험정보가 저장되어 있습니다.

현실세계의 의식집결처라 할 수 있는 제6식은 선험정보인 말나식으로부터 오는 정보를 끊임없이 수신하여 판단의 근거로 삼습니다. 우리가 기도할 때 "관세음보살, 관세음보살"을 외치며 고성염불에 집중하는 것에는 중요한 이유가 있습니다. 이 염불묘음이 외부의 정보를 차단하는 동시에 말나식으로부터 오는 선험적 에고이즘의 정보가 전두엽으로 유입되는 길을 막는다고 합니다.

손바닥도 마주쳐야 소리를 내며 상호 호응하는데 현재식인 제6식과 과거식인 제7식은 기도, 참선 등으로 차단되어 연결이 끊어집니다. 그 결과 선험적 정보가 활성화되지 못하고 기능을 원활히 하지 못하게 됩니다. 이 상황이 반복되면 알라야식과 말나식이 점점 위축될 수밖에 없습니다.

비단 기도와 참선뿐이 아닙니다. 학자가 연구에 깊이 몰두하고 있을 때도 마찬가지입니다.

집중 상태가 강화되면 제7식, 제8식의 에고이즘으로부터 해방될 수 있습니다. 과학자나 연구자 가운데 기도와 참선 중에 얻은 위대한 영감 덕분에 탁월한 업적을 성취한 경우 이와 비슷한 사례로 볼 수 있습니다.

고성염불의 열 가지 공덕은 이처럼 염불을 통해 마음의 집중〔念心不散〕을 키우거나, 삼매가 깊어지는〔三昧現前〕 효과를 누릴 수 있습니다. 유식에서 말한 전식득지(轉識得智)의 경계가 바로 이를 의미합니다.

기도, 참선, 사경 등 갖가지 수행에 몰두했을 때 부처님의 위대한 가피와 만나게 되는 현상 역시 이런 메커니즘을 통해 가능한 것입니다.

기도와 정진으로 외경을 차단하고 내부의 선험적 정보와의 만남을 저지한다면 과거의 업으로 축적된 정보는 무의미해질 것이며 부처님의 경계가 점차 드러남은 불 보듯 명확해집니다.

수행은 갖가지 업식(業識)을 타파하기 위해 그 중요성을 아무리 강조해도 지나치지 않습니다. 수행은 진정 먹구름 같은 업식, 업장을 걷어내며 닫힘의 세계에서 열림의 세계로 우리를 나아가게 해줍니다. 우리는 이 과정을 통해 자신의 삶을 끊임없이 혁신시켜 나갈 수 있습니다.

수행자의 삶을 이른바 해탈자의 길이라 부르는 이유가 여기에 있습니다.

수행이 깊어질수록 이기적인 자기중심적 자아는 깨지고 무아(無我)

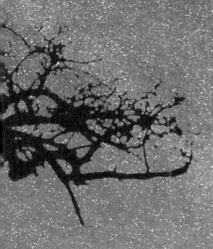

수행은
먹구름 같은 업식, 업장을 걷어내며
닫힘의 세계에서 열림의 세계로
나아가게 해줍니다.

의 세계, 부처님의 세계가 열립니다.

부처님의 세계로 다가갈수록 지극한 용기와 신심이 발현되는 것입니다.

위대한 용기와 신심에 힘입어 어리석은 유정중생(有情衆生)을 열반의 세계로 인도하는 이들을 보살이라 부름이 마땅합니다. 교육의 목적은 구태의연한 사고방식과 품행을 바꾸어 나가는 데에 있습니다. 중생이 수행자의 삶을 살아가도록 이끄는 불교의 가르침이야말로 참으로 이상적인 교육입니다.

삶의 중심을 '이기적인 나'에서 부처님으로 전환하는 수행자의 삶을 받아들일 때 무량한 부처님의 가피가 그 가운데 함께 할 것입니다. 이를 체험한 수행자들은 과거의 소극적 태도를 버리고 적극적으로 돌변하며 부처님의 위대한 전사를 자처하게 됩니다.

항상 잊지 않고 머리에 새기면 밝은 깃발이 된다는 수지신시광명당(受持身是光明幢)의 정신을 바로 여기서 찾아볼 수 있습니다.

정신의 혁명은 가치신념체계의 근본적 변혁 없이는 이룰 수 없습니다. 오로지 참다운 수행을 통해서만 얻게 됩니다.

완전한 방전의 에너지

만상은 하나 같이 공(空)의 현실화이고 모든 고통은 공을 떠나면서 시작됩니다. 끊임없이 무언가를 채우려는 욕심과 독심이 오히려 압박감으로 작용하고 삶은 스트레스로 일그러집니다.

2차 대전 승리의 화신이었던 처칠은 막사 밖에서 폭탄이 터지는 대낮에도 아랑곳없이 반드시 침상에 누웠습니다. 긴장의 순간 짧은 낮잠은 오히려 실수의 가능성을 줄여주고 생산적인 아이디어를 가져다준다고 믿었기 때문입니다. 처칠의 에피소드처럼 긴장을 이완시키는 방법, 스트레스를 이기는 묘책은 훌훌 던져 버리는 것입니다.

스트레스는 채우고자 하는 욕심에서 비롯되는 것입니다. 각종 질병의 저변에는 이런 스트레스가 영향을 미치며 그 원인을 따져보면 공을 등졌기 때문입니다.

욕심과 독심에 중독된 사람은 쉬지 않고 자기 안의 창고를 채워야
만 풍족해진다고 착각합니다. 홀가분하게 마음을 내려놓고 휴식을 취
하는 것을 죄악이라 여깁니다.

한 번이라도 모든 것을 던져보았나요? 완전한 몰입을 위해서는 완
전한 방전이 필요합니다. 부처님은 자신의 몸과 마음의 건강을 다스리
는 지혜가 없는 자에게는 큰일을 맡기지 않습니다. 적절한 순간 마음
을 텅 비우고 부처님의 무한한 에너지를 흡입해 봅시다. 마음을 비우
는 진정한 휴식은 치열한 노동 이상으로 생산적인 효과를 불러옵니다.

몸은 우리의 마음을 물리적으로 형상화한 것입니다. 마음이 고통스
러우면 몸은 자연히 각종 질병에 노출됩니다. 우리의 몸에는 생각, 감
정, 직감 등 모든 요소가 담겨 있습니다.

몸은 마음의 거울이므로 몸의 변화는 우리 마음에도 영향력을 행사
합니다. 몸은 영혼을 담는 X파일이요, 삶의 설계가 입력된 정보의 탱
크입니다. 현대인의 갖가지 고통과 질병의 원인은 마음 경영의 오류
에서 생깁니다.

중국 5대 종파 중 하나인 임제종 최고의 지침서인 『벽암록(碧巖錄)』
의 '덕산협복문답(德山挾福問答)'에 보면 '청천백일, 불가갱지동획서

(靑天白日, 不可更指東劃西)'라는 일문이 나옵니다. 청천백일 같은 깨달음은 동서를 떠났고 그 자체가 공(空)이라는 뜻입니다.

'깨닫고 나면 천하가 공이다. 본래 동서 방향이 없으니 어디를 남북이라 하겠느냐[悟故十方空, 本來無東西, 何處有南北]?'라는 말과 같은 맥락입니다.

즉 한 순간 깨달음의 경지에 이르면 동서를 떠나 그 자체가 공(空)이라는 가르침입니다. 화엄에서는 허공을 불신(佛身)이라 합니다. '불신충만어법계(佛身充滿於法界)' 역시 천지가 바로 부처님이라 하고 있습니다.

위대한 도인들의 삶은 수행의 궁극을 향해 있습니다. 수행을 실천하여 그 끝에 다다르면 공(空)이 있습니다. 공을 깨닫고 공을 실현하는 것이 도인들 삶의 목표입니다.

범부중생과 위대한 도인을 가르는 분기점은 바로 이런 공의 차이입니다. 얼마나 비웠습니까? 어디까지 비울 수 있습니까? 하는 그 차이에 있습니다. 우리는 지금 얼마나 비웠습니까? 어디까지 더 비울 수 있습니까?

사람들은 자신의 품 안에서 무엇인가를 내보내고 나면 허탈감을 느끼고 자신이 가난해졌다고 여깁니다.

완전한 몰입을 위해서는
완전한 방전이 필요합니다.

한도 끝도 없는 탐욕과 집착의 포로가 되어 도무지 버릴 줄을 모릅니다. 홀가분하게 비우기를 두려워합니다. 비우고 버린 후라야 그 빈자리에 부처님이 들어오는 것을 알지 못합니다.

왜 기도할까요? 공과 하나 되기 위해서입니다. 왜 참선할까요? 공과 한 몸이 되기 위해서입니다.

만상은 공으로부터 왔고 공으로 돌아갑니다. 공으로 나아가는 길이 수행이요, 궁극입니다. 모든 수행의 종점은 공입니다.

공과 하나 된 자! 부처님의 참사랑은 샘물이 고이듯 거기에 모입니다. 모든 이들의 사랑을 독차지하는 사람은 하나 같이 마음을 비운 자들입니다. 공의 실현자입니다. 홀가분하게 던져버리고 공과 하나가 되어봅시다. 몸은 마음이 향하는 이정표입니다. 마음을 깨끗이 비우지 않고서 어찌 법계와 하나 되기를 바라겠습니까. 어찌 부처님의 위대한 가피와 하나 되겠습니까.

공으로 돌아가는 길이 성취의 지름길이자 성불의 길입니다. 마음을 비워보십시오. 홀가분하게 마음을 비운 영혼만이 오로지 부처님의 가피를 받을 자격을 얻습니다. 언젠가는 우리 모두 빈손으로 세상을 떠난다는 사실을 기억하십시오!

차원마다의 조화

하루살이와 메뚜기가 함께 놀았습니다. 땅거미가 질 무렵, 메뚜기가 말했습니다.

"하루살이야, 우리 내일 다시 만나 놀자."

하루살이가 대답했습니다.

"내일이 뭔데?"

하루살이의 심장은 하루살이용이었습니다.

메뚜기는 다시 개구리와 놀았습니다. 날씨가 추워지자 개구리가 메뚜기에게 말했습니다.

"메뚜기야, 우리 내년에 다시 만나 놀자."

메뚜기가 물었습니다.

"내년이 뭔데?"

메뚜기는 한 철만 삽니다.

이 우화는 상당히 의미심장한 이야기를 담고 있습니다. 이해하기 쉽지 않은 '차원'의 의미를 이해하기 쉽게 전달해 주고 있습니다.

차원이 다르면 상대의 세계를 이해할 수 없습니다. 무명중생은 다른 차원의 세계를 알지 못합니다. 다른 차원에서 비롯한 즐거움이 존재함을 모릅니다. 불교에서 말하는 삼계육도(三界六道)는 결국 자기가 좋아서, 자기 수준이 그것밖에 안 되기에 가는 것입니다.

등불은 스스로 몸을 태웁니다. 강렬하게 불꽃을 사를수록 강한 빛을 발합니다. 제 몸을 불사른다는 것은 얼마나 고통스러운 일인가요?

하지만 이 고통을 다른 차원에서 보면, 즐거움이 될 수 있습니다. 자신을 태우는 자의 체험의 깊이를 쉽게 표현하기는 어렵지만, 말하자면 '고통을 이겨낸 그만큼의 즐거움이 찾아온다'라고 말할 수 있습니다. 작은 고통을 참아내면 작은 즐거움이 오고 큰 고통을 이겨내면 큰 즐거움이 옵니다.

우리의 영혼은 수행의 등급에 따라 광채가 다릅니다. 지옥중음신은 거의 흑암에 가깝고 고차원으로 나아갈수록 선명하고 아름다운 빛을 띱니다.

욕계, 색계, 무색계의 천인들도 즐거움의 차원이 제각각 다릅니다.

초선에서의 즐거움은 이생희락지(離生喜樂地), 2선에서의 즐거움은 정생희락지(定生喜樂地), 3선은 이희묘락지(離喜妙樂地), 4선은 사념청정지(捨念淸淨地)라고 부릅니다.

각각의 차원 다른 즐거움이 존재하는 것입니다. 무색계, 극락, 열반락의 차원이 다름은 말할 필요도 없습니다.

이런 즐거움은 평소 자기가 갈고 닦은 만큼 느끼는 것입니다. 위대한 성자들의 삶을 보십시오. 그들은 물질세계의 즐거움을 초월한 존재입니다. 속세의 만상에 연연하지 아니합니다. 이미 영원의 길에 이르는 위력을 지녔기 때문입니다.

그들이 중생의 삶과 다른 차원을 누리는 것은 당연한 일입니다. 그렇기에 고통 가운데 웃을 수 있고 죽음의 독배 앞에서도 두려움이 없습니다. 죽음을 초월한 자의 위력은 영원과 맞닿아 있기 때문입니다.

반면 죽음에 대한 불안으로 벌벌 떠는 영혼들의 미래는 어떠할까요? 죽음의 잔을 흔쾌히 마실 수 있습니까? 과감히 모든 것을 내던질 수 있습니까?

얼기설기한 생의 사슬을 끊을 줄 알아야 무한의 평화가 찾아옵니다. 불사(不死)를 체득한 사람은 환희와 열락 속에 삽니다. 불교의 수

수행의 깊이를 더하십시오!
그곳에 차원이 다른 세계의
기쁨과 환희와 열락이 있습니다.

행은 이처럼 인간을 넘어선 즐거움, 차원을 달리한 열반의 즐거움을 향유하게 합니다.

부처님은 수행을 통해 도달할 수 있는 궁극적 즐거움을 스스로 체득하고 중생을 위한 가르침을 주었습니다. 각기 다른 차원의 경계를 몸소 열어 주기 위해 이 땅에 온 것입니다.

수행의 깊이를 더하십시오! 그곳에 차원이 다른 세계의 기쁨과 환희와 열락이 있습니다.

수행을 마다하고 고행을 외면하는 인간은 이런 차원이 다른 세계의 환희를 알 길이 없습니다. 욕계의 즐거움에서 한 차원 다른 색계, 색계의 즐거움에서 한 차원 뛰어넘은 무색계처럼 고행 가운데 열반의 즐거움이 기다릴 것입니다.

정진 가운데 닥쳐올 고행을 두려워 마십시오. 천대받고 모욕받는 수행자의 삶을 주저하지 말아야 합니다.

현재의 삼계를 떠나 부처님의 보배로운 진리를 몸소 체험해 봅시다. 힘겨운 수행을 이겨낸 후에 누리게 될 지극한 즐거움은 무엇과도 비할 수 없습니다.

우리는 수행이 짧은 탓에 물질세계에 탐닉하고 관능에 몸을 던집니다. 아는 만큼 보인다고 딱 그만큼 밖에 살지 못합니다. 수행의 과정을 견뎌내는 정진은 영혼의 성장을 위한 밑거름입니다.

수행자들이 뼈를 깎는 고통 가운데 미소를 지을 수 있는 비결이 뭘까요?

일체의 속세를 과감히 버리고 비울 수 있는 용기는 한결같은 수행의 과정에서 나옵니다.

무한세계와의 교신

　지구상에 존재하는 벌의 종류는 얼마나 될까요? 곤충을 연구하는 학자들에 따르면 10만 종에 달한다고 합니다. 특유의 광파측정기를 보유한 벌들은 자외선을 포착하여 수 킬로미터를 날아 꿀을 채취합니다. 나비 역시 탁월한 탐지기능이 탑재된 레이더가 있어서 꽃들의 당분 유무를 판정한 후에야 다리를 뻗습니다.

　모기도 마찬가지입니다. 특수탐지기를 가동하여 바닷물과 민물을 구분한 뒤에야 알을 낳습니다. 개미 또한 아무리 먼 곳으로 먹이 사냥을 떠났다 하더라도 화학물질을 탐지해 자신의 집을 정확히 찾아옵니다.

　식물들도 예외는 아닙니다. 식물에도 빛을 감지하는 탐지기가 있어 향일성을 유지합니다. 심지어 소리를 구분하기도 하는데 클래식과 팝

송을 들려주면 식물의 성장속도가 빨라지고, 적개심을 담아 발로 툭툭 차면 점차 시들다 죽어갑니다.

모든 생명체가 특유의 탐지기를 작동할진대 하물며 만물의 영장이라는 인간은 어떨까요?

인간의 청력은 대략 16헤르츠에서 2만 헤르츠 사이의 파장을 감지할 만큼 정밀한 탐지기능을 갖추고 있습니다.

하나의 공간에서 온갖 종들이 뒤섞여있으면서도 각각의 생명체들은 저마다 독특한 세계를 유지하고 고유의 영역을 살아갑니다. 이처럼 피차간에 해악을 끼치지 않으면서 엄정한 조화와 질서를 이루며 살아가는 것이 이 우주라는 공간입니다.

부처님은 고차원적인 대우주와 대자연의 질서를 가리켜 이른바 '잉불잡란격별성(仍不雜亂隔別成)'이라고 했습니다.

참으로 묘한 것은 이처럼 엄정한 조화와 질서를 이루며 살면서도 각각의 생물들이 지니고 있는 탐지기의 한계성으로 인해 그 너머의 세계를 전혀 감지하지 못한다는 사실입니다. 오로지 자신에게 보이고 들리는 세계만이 전부인 양 착각합니다.

부처님은 미물중생은 물론이고 인간의 세계 너머에 무한대한 세계가 있음을 역설했습니다.

우리의 한 생각〔一念〕은
무한의 세계, 영원의 세계와 맞닿아 있습니다.

무량광(無量光), 무량음(無量音), 무량수(無量壽) 역시 이런 의미를 내포하고 있습니다.

『화엄경』에서도 "사과나무에 사과가 열리고 배나무에 배가 열리듯 중생의 업이 저마다 다르기에 사는 세계도 다르다. 대우주와 그 이면의 세계에는 무량한 종족과 중생이 살고 있다. 보고 듣는 것 너머의 세상이 무량광대함을 알라. 마음이 몸의 결박에서 풀어질 때 광대한 세계에 눈 뜨리라."라고 적고 있습니다.

유한의 세계에 살면서 그 너머 무한의 세계와 교신하는 길, 그것은 기도의 길이요, 명상과 참선의 길입니다. 보이지 않는 무한의 세계는 유한의 세계를 품고 있으며 비록 우리 눈에는 보이지 않지만 낱낱이 우리를 지켜보고 있습니다.

우리의 생명이 정화되면 얼마든지 그들과의 교신이 가능합니다. 우주공간에는 무수한 종류의 전파가 동시에 존재하지만 서로 간섭하거나 방해하지 않습니다. 전적으로 고유한 주파수 때문입니다.

우리는 기도와 명상을 통해 얼마든지 우리의 주파수를 확장시켜 무한대와 만날 수 있습니다. 오랜 수행자의 경우 마음의 흐름이 달라짐에 따라 몸에서 발현되는 파장이 달라집니다.

이런 사실은 과학적으로도 충분히 증명되고 있으며 아우라 측량기를 통해 감정의 흐름에 따라 몸에서 발산하는 빛이 다르다는 연구 결과도 보고된 바 있습니다.

우리의 한 생각〔一念〕은 영원의 세계와 맞닿아 있습니다. '일념즉시 무량겁(一念卽是無量劫)'이기에 한 생각이 영원과 연결돼 있음을 깨달은 사람은 결코 함부로 살지 않습니다.

누군가 항시 우리를 지켜보고 점검하고 있다고 생각할 때 자신의 영혼 순화는 물론이고 말과 생각, 행동을 다스리는 고도의 수행자적인 삶을 살게 됩니다.

무한대의 세계로 인도하는 길, 무한의 존재로 승화시키는 디딤돌은 바로 기도요, 수행입니다.

지금 여기, 그 너머의 세계, 무한가피력과 하나 되는 것은 우리의 숙명적 과업이 아닐 수 없습니다.

동체대비의 호흡

부처님의 큰 사랑을 비유할 때 동체대비(同體大悲)라는 말을 씁니다. 부처님과 우리는 한 몸이기에 누구나 부처님의 크나큰 사랑 속에 살아야 한다는 뜻입니다. 일심동체 역시 부처님과 한 마음, 한 몸이 된다는 의미입니다.

우주는 하나입니다. 인드라망은 온 우주가 그물처럼 하나로 연결되어 있음을 뜻합니다. 하나임을 인정하지 못하면 단절될 수밖에 없습니다.

진리는 만상을 하나로 만드는 위대한 힘입니다. 이를 따르는 사람은 진리의 세계, 하나의 세계, 열반의 세계로 나아가게 됩니다. 수행자 역시 부처님의 진리를 연마하고 이 진리를 바르게 따를 때 부처님에게 이르게 됩니다.

진리를 깨닫는 순간, 이미 번뇌의 강을 건넌 셈입니다. 번뇌를 벗어난 우리의 마음은 부처님과 하나가 됩니다. 자각하는 수행의 정도에 따라 진보합니다. 만상의 본질인 부처님이 우리 안에 내재하고 있음을 인지하는 순간 우주보편적인 가피력의 실재를 확인하게 될 것입니다.

"부처님 감사합니다."를 찬탄하는 가운데 무량가피의 힘을 자각하게 됩니다.

삶이 팍팍하다고 느낄수록 부처님을 떠올리십시오. 매사에 새로운 즐거움이 찾아오고 지혜의 힘이 샘물처럼 솟을 것입니다. 이제 더 이상 외톨이가 아닙니다.

진정으로 현명한 사람은 항상 부처님과 함께하는 사람입니다. 모든 위대한 일의 성취는 부처님과 신중계, 영계로부터의 용인이 있기에 가능한 것입니다.

이루고자 하는 일이 있다면 "부처님과 함께하리라.", "이 일은 신장님이 함께 해주시리라."를 마음속으로 되뇌며 항상 감사의 기도를 올립니다.

부처님과 일심동체가 되어 매사 감사한 마음으로 시작하는 일은 쉽게 지치지 않기에 좋은 결과를 얻게 됩니다.

지금 이 순간에도 우리는 부처님과 함께 있습니다. 항상 부처님 나라에 있음을 자각하고 그 같은 믿음 안에서 살아야 합니다.

불평불만 속에서 항상 남 탓을 하는 와중에도 문득 따지고 보면 모두가 감사할 일 천지입니다. 우리의 생명 안에 이미 부처님이 깃들어 있으므로 우리의 몸과 마음을 움직이는 원천은 부처님의 위신력입니다. 따라서 생명에 대한 감사가 곧 부처님에 대한 감사입니다.

부처님에 대한 감사를 모르는 자, 생명에 대한 감사를 모르는 자는 예비 된 내일을 기대할 수 없습니다.

『반야심경』의 시고공중(是故空中)이래 전개되는 수많은 무(無)의 행렬을 보면 허공은 문자 그대로 무한한 법과 위신력의 터전입니다.

굳이 비유하자면 허공은 이 우주를 움직이는 결정적인 소프트웨어의 공급자라 할 수 있을 것입니다.

산 자와 죽은 자를 가르는 것은 호흡입니다. 호흡은 허공을 마시는 것이며 호흡은 생명체를 움직이는 온 생명의 원천입니다. 인간의 몸이 하드웨어라면 그를 움직이는 소프트웨어는 호흡이요, 공입니다. 공은 바로 부처님입니다.

허공이 바로 생명이요, 법이요, 위대한 에너지입니다.

부처님은 무한생명, 무한의 소프트웨어이기에 어떤 것도 그를 능가할 수가 없습니다.

우주는 하나입니다.
인드라망!
온 우주가 그물처럼 하나로 연결되어 있습니다.
동체대비와 무한가피의 세계입니다.

결국 기도는 부처님과 우리가 하나임을 선언하는 길인 동시에 부처님의 지혜와 하나 되는 길입니다. 기도는 절망과 희망을 잇는 가교 역할을 합니다.

기도하지 않으면 번뇌의 제물이 될 수밖에 없습니다. 기도를 통해 우리는 자신의 가치를 한 차원 끌어올릴 수 있습니다. 부처님과 동체대비를 이루는 첩경입니다.

우주야말로 진정 하나요, 동체대비의 세계입니다. 이 세계를 접하지 못하는 영혼이 어찌 행복을 꿈꿀 수 있겠습니까.

상대에게 대비심을 깨우치게 하려면 그를 사랑하십시오! 크게 사랑하면 크게 얻을 것입니다.

좋은 사람을 얻고자 한다면 많이 사랑하고 많이 포용합시다.

부처님의 위대한 사랑을 품으려면 관용의 마음을 크게 지닙시다. 기도가 동체대비와 무한가피의 세계로 인도할 것입니다.

마음에 그린 그림

"여유가 되면 사회사업을 하고 싶다." 또는 "남을 돕는 삶을 살고 싶다."고 말하는 사람을 주변에서 종종 만납니다.

이런 말을 하는 이유는 우리 마음 가운데 부처님, 보살님이 있기 때문입니다.

우리의 마음 가운데 남을 돕고 싶고 누군가에게 보탬이 되고자 하는 거룩한 마음은 모두 거룩한 의지의 발현입니다. 작으나마 등불을 밝히고 세상의 빛이 되고자 하는 의지야말로 부처님 위신력의 발로입니다.

문제는 현실이 이런 마음을 따라주지 않는다는 데 있습니다. 그러나 지금 당장이나 금생에서는 실현하기 어려울지라도 마음 가운데 이런 그림을 계속 그리다 보면 언젠가는 현실로 다가올 것입니다. 뜻이 있는 곳에 길이 열리듯 마음속에 그린 그림은 반드시 실현되기 때문입니다.

거룩한 위업을 달성하는 인물의 경우도 마찬가지입니다. 그의 마음 한가운데 그가 목표한 장엄한 청사진이 영상 상태로 자리하고 있기에 위대한 업적의 성취가 가능했던 것입니다.

물론 이런 그림을 그렸다고 해서 전부 실천되는 것은 아닙니다. 소망이 제대로 이루어지지 않는 이유는 무엇일까요?

부처님의 거룩한 힘을 신뢰하지 않거나 거룩한 힘이 외부에 있다고 믿고 그 조건에 마음이 좌우되기 때문입니다.

부처님을 닮은 생각이나 소망이 일어나는 바로 그 순간, 다른 상념이 불쑥 끼어들어 이를 대체하도록 내버려 두지 않는다면 거룩한 청사진을 향한 거대한 힘이 투입되면서 마음속 그림이 현실화됩니다. 마음속에 확고하게 형성된 그림을 스스로 포기하지 않는 한 그 어떤 것이든 현실화됩니다. 이것은 불변의 우주 법칙입니다.

세포 하나에는 또 다른 작은 우주가 숨겨져 있습니다. 정자와 난자 세포의 내부에도 눈에는 보이지 않지만 하나의 확고한 영상이 자리하고 있습니다. 이들 세포가 스스로 성장할 수 있도록 엄밀히 계획된 영상 속에는 인간의 힘으로는 알 수 없는 거룩한 섭리가 내재되어 있습니다. 다시 말해 세포 이면에는 거룩한 힘과 지성이 작동하고 있다는 것입니다.

세포 속에 그려진 미래의 자화상이 현실로 다가오는 것은 시간문제입니다.

실로 씨앗 속에 모든 결과물이 있습니다. 마음속 영상이 현실에 반영되는 순간 우리의 육안으로도 확인이 가능해지고 손으로 만져지기도 합니다.

간절한 염원을 품으면 간절한 그림이 그려지고 어리석은 마음으로 그린 그림 역시 그대로 이루어집니다.

애초 마음이라는 캔버스에 그린 밑그림의 중요성은 아무리 강조해도 지나치지 않습니다. 이런 지혜로운 법을 따르지 않는 것은 무지의 소산입니다. 따라서 무엇이건 성취하고자 하는 바가 있다면 모호한 그림이 아닌, 확고하고도 구체적인 그림을 그려야 합니다. 마음 가운데 그려진 그림이 이끌어주는 대로 마침내 목표에 도달하게 될 것입니다.

확고하고 뚜렷한 목표와 원력이 어째서 성취의 필수요건인지 곰곰이 생각해보십시오.

사람은 자기 내면의 엄청난 부처님의 힘을 알아채지 못한 채 표면적인 삶에 아등바등 살아갑니다.

무엇이건 성취하고자 하는 바가 있다면
모호한 그림이 아닌,
확고하고도 구체적인 그림을 그려야 합니다.

마음의 바깥쪽은 개체적이고 제한적입니다. 반면에 마음의 안쪽은 무한의 원천과 맞닿아 있습니다. 우리는 이런 무한의 원천으로부터 힘을 얻습니다. 모든 일에 노력의 초점을 그림으로 그려진 하나의 목표에 맞추게 되면 거대한 우주 생명력인 부처님의 가피력이 작용합니다. 마침내 우주 만물이 도울 것입니다.

전기의 원리가 발견되기 전에도 이 땅에 전기가 존재했듯이 부처님의 거룩한 가피력도 마찬가지입니다. 우리가 알아채지 못한다고 해서 없는 게 아닙니다.

마음 가운데 원력을 머금고 부처님의 가피력을 깨닫는 순간 마음속 그림은 등불이 됩니다.

영혼의 엔진

  1965년 하버드대와 예일대 출신 졸업생들에게 물었다고 합니다. 당신은 졸업 후 무엇을 할 것인가?

  85%는 미확정이었고 12%는 대강의 계획을 정해놓았으며 3%는 상당히 구체적인 계획을 세웠다고 대답했다고 합니다.

  20년 뒤 그들의 성공도를 조사한 결과 3%에 해당하는 졸업생들은 나머지 97%의 졸업생들이 벌어들인 돈과 비교해서 거의 2배에 가까운 수입을 얻고 있었다고 하네요.

  원하는 게 무엇인지 분명해야 꿈을 이룰 수 있습니다. 그래야 부처님도 도움을 줄 수 있습니다. 부처님은 모든 것을 알고 있지만 스스로 마음을 일으키지 않는다면 무슨 소용이 있을까요? 우선 마음을 일으켜야 합니다! 그래야 부처님도 도와줄 수 있습니다.

부처님은 항상 원력을 강조했습니다. 마음 가운데 원력을 세우는 일이 우선입니다. 우리가 바라는 바에 대해 마음을 일으키는 원력은 매우 중요합니다.

원력이란 말이 생소한가요? 그렇다면 비전(Vision)이라 바꿔도 무방합니다.

물론 비전과 원력에는 차이가 있습니다. 원력은 참 보살의 길과 통하는 것이고, 비전은 세속적이고 개인적인 차원으로 풀어내는 것입니다.

지금껏 걸어온 길을 돌아보면 우연처럼 보이는 많은 일이 실은 내 마음속에 그렸던 필연의 산물이었습니다. 물론 마음먹었던 대로 성취한 것도 있고 그렇지 않은 일들도 많습니다. 우리의 마음속에는 선명한 그림도 있지만 흐릿한 그림도 있기 때문입니다.

부처님은 절박함을 가진 사람, 눈에 불을 켜고 끊임없이 기회를 포착하려는 사람, 사생결단의 각오로 달려드는 사람에게만 미래의 문을 열어줍니다.

숙명적인 찰나에 찬란한 영광을 움켜쥐게 됩니다. 절호의 기회다 싶은 결정적인 순간이 올 때, 준비했던 모든 것을 걸고 자신의 에너지를 최대한 발휘하면 부처님은 비로소 도움의 손길을 내밉니다.

하늘 아래 성취를 이룬 모든 과업은 그 같은 결정적 기회를 포착한

자들의 작품입니다. 그들이 머릿속으로 간절하고 절박하게 그려왔던 그림들이 현실화되고 걸작으로 창조된 것이죠.

행운은 결코 우연의 산물이 아닙니다. 절박한 도전의 응답입니다.

우리가 이룬 모든 것은 생각의 산물이기에 생각을 운명이라고 합니다. 과거의 생각이 지금의 나를 만들었다면 지금 생각은 미래를 만듭니다.

5년 후 나의 모습은 어떨지요. 10년 후는? 그날을 위해 지금 준비해야 할 것은 무엇일까요?

원력을 가진 사람은 특유의 집중력을 발휘합니다. 미래의 시점에서 오늘을 사는 사람입니다. 오늘의 시점에서 미래를 볼 뿐만 아니라 미래의 시점에서 오늘을 보는 겁니다. 부처님은 그들에게 무한정의 에너지를 공급합니다.

원력은 중생을 미래로 인도하는 정신적 에너지의 원천이자 이상의 세계로 가는 영적 기차라고 할 수 있습니다.

원력 보살 주위로는 불가사의한 빛이 모여들기 마련입니다. 신심과 꿈과 열정으로 이루어진 존재들이죠.

우리는 보살로서 기본적으로 서원하고 발원해야 하는 것이 있습니다. 여래십대발원(如來十大發願)이 그것이고 사홍서원(四洪誓願)이 그

과거의 생각이
지금의 나를 만들었다면
지금 생각은
미래를 만듭니다.

러합니다.

네 가지의 큰 서원인 사홍서원에 담긴 뜻은 얼마나 깊은가요? 우리가 품은 원력이 중생제도를 위한 것인지 아닌지를 스스로 반문해 봅시다. 개인적인 꿈과 소원이 나쁜 것은 아닙니다. 개인과 전체를 위한 원력 가운데 조화를 찾아내야 합니다. 부처님은 모든 원에 동참합니다.

5년 뒤, 10년 후의 미래를 그려 보세요!

진정으로 하고 싶은 일이 있으면 뛰어들어 보십시오. 막연한 꿈은 꾸지 말아야 합니다. 원력이 구체적일수록 부처님도 열렬히 화답할 것입니다.

평생을 걸 숙명의 키워드를 찾아내 보십시오. 인생에는 그리 많은 단어가 필요치 않습니다.

나의 키워드는 단순합니다. 그 키워드를 내세워 지금껏 살고 있습니다. 그것은 바로 한국불교의 새로운 변화, 새로운 불교입니다. 그 이외에 다른 말은 내게 구차한 수식일 뿐입니다.

마음이 아플 때 먹는 약

배가 고프면 밥을 먹어야 하고 몸이 아프면 약을 먹어야 합니다. 그런데 마음이 허기질 땐 어떻게 할까요? 또 마음이 아플 때는 어떻게 해야 하나요?

엘리엇은 "현대세계는 병실의 냄새가 난다."고 말했습니다. 그의 경고는 현대 인류의 이기심이 극을 향해 치닫고 있음을 일찍이 간파하고 이를 질타한 탁견이었습니다.

현대인들은 하나같이 마음이 허허롭다 말합니다. 이런 마음의 병은 부처님 법의 부재에서 옵니다.

부처님은 법식(法食), 법약(法藥), 법공양(法供養)이라는 말씀을 했습니다. 마음이 아프고 허기진 중생에게는 마땅히 법을 처방해야 합니다.

부처님은 "마음이 고프면 법식을 공급받아야만 하고, 독심과 이기심 때문에 생긴 마음의 병은 법약으로 고쳐야만 한다."고 했습니다.

우리의 마음병 가운데 가장 큰 고질병은 독심과 이기심입니다. 마음이 늘 허허로워지는 이유는 독심과 이기심 탓이며 이렇게 병든 마음에 법식을 제대로 공급하지 못했기 때문입니다. 이런 병은 부처님의 법을 공급받으면 치유가 가능합니다.

병든 사람의 마음을 달래주고 풍요롭게 해줄 수 있는 것은 오직 부처님의 법뿐입니다.

부처님의 법을 통해 자신의 소중함을 깨달은 후에는 내가 소중한 만큼 남들도 소중하다는 사실을 알게 됩니다. 부처님 가르침을 따르게 되면 아내는 남편을 소중히 여기게 되고 남편 역시 아내를 소중히 여기게 됩니다.

부처님의 법은 중생의 삶이 부처님과 다를 바 없도록 선한 마음으로 이끌어 줍니다. 위대한 가르침이자 마음의 병을 어루만지는 명약이라 할 수 있습니다.

부처님의 법을 따라 선한 마음으로 살아 병 없이 죽음을 맞이하면 그 내세 또한 좋습니다.

불교에서는 모든 중생이 마음 깊은 곳에서 부처님을 알아볼 때 비

마음이 고프면
법식을 공급받아야만 하고,
독심과 이기심 때문에 생긴 마음의 병은
법약으로 고쳐야만 합니다.

로소 마음의 병을 치유할 수 있다고 가르칩니다.

그러나 현실은 어떠한가요? 대부분의 사람이 자신은 물론이고 상대방의 마음 가운데 자리한 부처님을 되살리려는 생각을 하기보다는 오로지 남을 벌하고 비난하는 데만 열을 올립니다. 병든 마음이 휘두르는 대로 따르는 것입니다. 결국 마지막에 벌을 받는 쪽은 항상 자기 자신이 될 수밖에 없습니다.

진실로 현명한 사람은 세상 누구도 적으로 만들지 않습니다. 남을 해롭게 하면 내가 해로운 것입니다. 오직 내가 선할 때 선한 에너지가 나에게 다가오기 때문입니다.

악한 마음을 버리는 것이 곧 자신을 보호하는 길입니다. 남을 소중히 여길 줄 아는 사람이 어찌 자신에게 독한 마음을 먹을 수 있겠습니까. 오히려 남을 소홀히 대하고 자기만 소중히 여기는 사람일수록 마음의 병이 깊습니다.

이기심이 극에 달하면 마음에 병이 찾아옵니다. 남도 나와 다를 바 없이 똑같이 소중함을 알고 항상 남을 먼저 생각하는 이타적 마음이야말로 가장 건강한 마음입니다.

이기적인 마음은 나와 상대를 모두 파괴하는 최대의 병증이며 모든 악덕과 죄의 근원입니다. 부처님의 법을 따르지 않는 한 마음의 병에 의한 고통은 계속될 수밖에 없습니다.

온 우주가 자신을 사랑한다는 부처님 법에 귀 기울이지 않고 오로지 상대방으로부터의 사랑에 집착하는 것은 어불성설이 아닐 수 없습니다.

상대방을 사랑한 그만큼만 사랑을 돌려받는다는 사실을 우리는 자주 잊고 살아갑니다.

우리의 마음 가운데 부정적인 마음, 분노 등이 사라지지 않는 한 우리가 받은 마음과 몸의 상처는 아물지 않습니다. 오직 사랑을 주려는 가운데 상처는 녹아내립니다.

모든 치유의 힘은 사랑과 법에서 옵니다. 부처님 법이 가르치는 대로 남을 잘되게 하고 남에게 베푸는 마음자세를 가지면 몸과 마음의 병이 씻은 듯이 사라질 것입니다.

우주는 법계요, 사랑과 자비의 세계입니다. 부처님의 말씀대로 정법을 바탕으로 한 법정입니다.

법을 따르는 한 마음의 병은 사라질 것입니다. 부처님이 도울 것입니다.

우주의 법칙과 조화를 이루며 우주의 법을 따르는 사람은 우주의 비호를 받게 됩니다.

이런 부처님의 법약을 복용하는 사람은 그 법을 연마하는 가운데 부처님의 위대한 가피에 힘입어 항상 좋은 일만 가득할 것입니다.

소멸하지 않는 것

가끔 죽는 날을 상상해 봅니다. 내 주머니에 든 것이 얼마인지, 손에 쥔 것이 무엇인지 관심도 없습니다. 그저 한없이 마음이 겸손해지고 비워짐을 느낍니다. 이 세상을 떠날 때 무엇도 가져갈 수 없기 때문입니다.

피 한 방울, 땀 한 방울, 눈물 한 방울까지 부처님의 것이니 죽으면 부처님에게 전부 드리고 가야 합니다.

우리가 만상을 바라볼 때, 모든 존재가 죽는다는 사실을, 모든 건 결국엔 사라진다는 사실을 인식한다면 과연 아까울 것이 있을까요?

재물과 명예, 명성은 봄날 피어오른 아지랑이처럼 덧없이 사라지는 것입니다. 나의 이름도 목숨과 더불어 한 줌의 재로 소멸합니다. 한줌 흙으로 돌아갈 존재로서 사물을 대하십시오! 우리 내면에 깃든 부처님의 넓은 마음으로 돌아갑시다.

　눈을 뜨고도 보지 못하는 어리석은 사람이 많습니다. 참나의 눈이 멀어 있기 때문입니다. 나의 이익을 위해 남을 해치려는 망상에 휘둘리지 말아야 합니다. 남을 해하려는 자는 자신이 먼저 해를 입게 됩니다.

　참나의 눈으로 자신의 내면을 들여다보십시오. 부처님의 눈으로 만상을 바라보십시오. 우리 모두는 하나입니다. 오직 하나가 될 때 자비와 사랑이 있고 진리가 있습니다. 그 하나는 부처님이요, 하나님이요, 도덕이며 만유의 근본입니다.

　하늘과 부처님이 우리의 모든 생각을 꿰뚫어 보고 있는데 어찌 하늘이 두렵지 않겠습니까. 부처님은 만상의 주재자이기에 모든 것을 부처님의 뜻으로 알고 부처님에게 맡기고 기도하며 참고 기다리십시오. 하늘의 뜻대로, 부처님의 뜻대로 모든 것이 펼쳐질 것입니다.

　진리가 있는 곳에 평안이 있고 번창이 깃듭니다. 부처님에게 맡기고 참고 견디고 기다리라 하는 것은 불교의 모든 경전에서 으뜸으로 여기는 법이요, 중생의 의무요, 책임입니다.

　부처님의 위력에 관해 얼마나 알고 계신가요? 이른바 여래십력(如

來＋力)이라 부르는 부처님의 10가지 위신력을 말씀드리겠습니다.

첫째, 경우에 따라 어떤 일이 적절한지 아닌가를 분명히 아는 지혜의 힘. 둘째, 모든 중생의 과거, 현재, 미래의 업보를 분명히 아는 지혜의 힘. 셋째, 수행자들의 수행 정도와 깊이를 분명히 아는 지혜의 힘. 넷째, 모든 중생의 능력과 성품의 우열을 아는 지혜의 힘. 다섯째, 모든 중생의 소망이나 그들의 이해 정도를 아는 지혜의 힘. 여섯째, 모든 중생의 소질 등을 꿰뚫어 아는 지혜의 힘. 일곱째, 모든 일의 현재 상태를 보고 앞으로 나아갈 길을 아는 지혜의 힘. 여덟째, 타인의 마음 또는 사물의 참모습을 아는 지혜의 힘. 아홉째, 모든 중생의 과거의 일을 모두 기억해 아는 지혜의 힘. 열째, 스스로 번뇌가 다하였기에 다음의 생존을 받지 않고 타인의 번뇌까지 소멸시키는 지혜의 힘입니다.

여래십력은 부처님의 참된 지혜의 힘을 대변하는 말입니다. 부처님은 진정 우리보다 더 속속들이 우리를 파헤치고 있습니다. 우리가 모든 것을 부처님에게 맡겨야만 하는 이유, 몸과 마음을 던져 간절히 기도해야만 하는 당위성을 여기에서 찾아볼 수 있습니다.

부처님의 이런 위신력을 접할 때면 자신의 과거와 현재는 물론이고 한 치 앞의 미래도 헤아리지 못하는 우리의 모든 것을 우리보다 훨씬 더 명확히 알고 있는 부처님의 위대한 가피를 다시 한번 확인하게 됩니다.

　나보다 나를 더 잘 아시는 부처님에게 모든 것을 맡기고 살아간다면 어떤 두려움도, 아픔도 나를 괴롭힐 수 없습니다. 부처님의 손에 모든 것을 맡기는 가운데 부처님의 열 가지 위신력이 항상 함께하심을 느낄 수 있습니다.

　그럼에도 나를 가장 잘 아는 것은 나 자신이라고 여기거나 내가 알고 있는 것이 최선이라 생각하면서 내가 가장 잘났다는 태도를 갖는 것은 모두가 마군의 책동입니다.

　우리가 과거의 삶 가운데 얼마나 많은 마군들을 이기고 지금 이 자리까지 왔는지 돌이켜 봅시다.

　정녕 부처님의 가피가 함께 하지 않았다면 불가능했습니다. 내 모든 것을 나보다 더 훤히 꿰뚫어 보시는 부처님 앞에 어찌 한 점의 망설임이 있을 수 있을까요?

　부처님은 어떠한 어려움이 닥쳐온다 해도 모두를 살리는 분입니다. 겸허한 태도로 나를 버리면 부처님이 항상 함께해줄 것입니다.

　부처님의 가피가 늘 함께 있기를 바랍니다.

이름도 목숨도 한줌의 재로 소멸합니다.
부처님께 모든 것을 맡기십시오.
부처님의 위신력을 확신하십시오.
그리고 정진하십시오.
부처님의 가피가 늘 함께할 것입니다.

행복을 향한 정진의 한 걸음 가피 이야기

허공은 가득하다

초판1쇄 인쇄 2017년 11월 25일
초판1쇄 발행 2017년 12월 5일

지은이   지광스님
펴낸이   김정희
펴낸곳   능인출판
편집   능인출판 출판부
표지사진   박정숙
등록번호   제1999-000202호

주 소   서울시 강남구 양재대로 340
전 화   02-577-5800
팩 스   02-577-0189
홈페이지   www.nungin.net
저작권자 ⓒ 2017. 지광스님

ISBN   979-11-962081-0-3 03810